新 潮 文 庫

遭 難 者 の 夢

家族狩り

第二部

天 童 荒 太 著

新 潮 社 版

7353

遭難者の夢

家族狩り　第二部

「もしもし、こんにちは。思春期心の悩み電話相談です。今日はあいにくの雨ねえ。どうされましたか」

「死ぬしかないと思ってます」

「あら……何かに追いつめられていらっしゃるの？　いま、おつらい？」

「まあ、つらいから死ぬんでしょうね」

「そうよね、おつらいのよねぇ……よかったら、何がつらいのか話してくださる？」

「この社会と合わないんです」

「わたしたちが暮らしている、この社会のこと？　合わないのは、どういったことで」

「大人たちは、社会性を身につけなきゃだめとか、そんな考えじゃ社会に出て困ると脅します。でも社会の実体とは何でしょうか」

「大人って学校の先生？　親御さんかしら」

「親、教師、テレビに出てる人、新聞に雑誌に本……みんな、社会的とか社会性とか言います。子どもたちに、それでは社会でやっていけない、食っていけない、給料をもらえるほど甘くないって……突きつめると、金のことばかりを言っているんです」

「あなた、いま高校生くらいかしら」

「年なんて関係ないですよ」

「そうね。いまのこと、誰かに話した？」

「……担任は、ぽかんとしてましたね。親には言っても、わからないでしょ」

「確かに、お金お金というのはいやなものだけど、働いて、その対価として得たお金で生活することは、社会の一面だと思うのよ。それについても納得できない？」

「納得なら、最初からしてます。都合よく偽装したり、ワイロをもらったり、人を犠牲にしてまで儲《もう》けたりしてる人間が大勢いることも、そうした行為は発覚しないかぎり立派な社会人の仕事として認められていることも理解してます。金のない者より、持ってる者のほうが、ともかく偉く思われる世の中だということもです。それが自分には合わないというだけですよ」

「社会には、まじめに働いている人、他人のお世話を懸命にしてる人もいるでしょ」

「それは表面的です。結局は、生活することで、どこかで人を犠牲にし、見えない形でほかの地域の人々に暴力をふるっているんです。本人は気づかないか、わざと見ないようにしているだけで、いまの社会がそういうシステムになっているんです」

「そんなことだけでも、ないと思うけど」

「なぜです。社会の出した廃棄物によって、地球はあと数十年しかもたないと正式に報告されています。正義と自由のためなら、大勢を殺す戦争も、世界は認めました。善良といわれる人々の税金が、爆弾を買う金に使われてもいます」

「でも、たとえばそうした戦争で、独裁者や圧政から解放された人もいたわけでしょう」

「だから、死んだ者はあきらめろと、平気で言える社会だということです。理由があれば、暴力はオーケーなんです。でも、理由なんて、自分勝手につけられるでしょ。相手の存在が気に食わないというのも理由になる。実際そうした理由で、ある国は別の国を叩《たた》き、人は誰かを殺し、子どもは誰かをいじめてます。相手は話のわかる奴《やつ》じゃないからという理由があれば、先に殴っても、先に爆弾を落としても、認められる社会になってるんです。誰も大きな声では言わないけど、現実として、それが世界の主流の考え方なんです。つらくないですか。ぼくはつらいです」

「暴力を嫌う人もいるし、戦争に反対した人もいるでしょう。戦いを選んだ人たちも、本当は平和がいいに決まってるけど、自分たちの命や、安全を守るためには仕方ない、必要悪だと言ってたのじゃない？」

「ぼくは、いい悪いなんて話してません。善し悪《あ》しは、どうでもいいんです。金儲けと、暴力をふるうことが、この社会のほとんどすべてだと理解できたということです。そういう場所で生き延びるために、勉強したり、行儀よくしたりすることに、意義を感じられなくなったんです。つまり、この社会に参加したくない……。だから降りることにしたんです。同じような人は、周りに何人もいますよ。一緒に死にたいと申し出る人が、ネット上だけど、けっこう集まりましたから」

「もっといいことも、社会を構成しているとは思わない？　たとえば福祉、それからボランティアが、社会を作ってる面はない？」

「金とか暴力に比べたら、全然弱いでしょ」

「でも、社会には存在してるわよね」

「マザーなんとかって、インドの、すごい女性の話は聞いたことがあります。でも、そんな人がいても、社会は変わらなかった。戦火の村や飢餓地帯で、医療活動をしている人たちのことも知ってます。でも、もともと暴力と金儲けがなければ、そうした悲劇自体がなかった場合がほとんどです。現実にいま世界を動かしているのは、エネルギー産業のような莫大《ばくだい》な資産を持つ世界的な企業か、核爆弾を数多く持ってる国です。国連だって、戦争で勝った国が仕切ってますよ。つまり、金と暴力に富む者が、ほかを押さえ込むことを、この世界全体が認めているということです」

「だとしてもね、あなたがそれをいやなら、死ぬのではなく、社会を変える道すじを真剣に考えてみたらどうかしら。あなたがわざわざ電話をくれたのは、やっぱり死にたくない心があるからじゃない?」

「理由を知ってほしかったんです。誰でもいい、何も考えずに死んだわけじゃないことを。あなたはよく聞いてくれました。ほかの電話相談では、ただ黙り込むか、難しいことはわからないと切られます。うんざりした声で、じゃあ死ねばと言われたこともありました」

「あなたはとてもよく物事を考えている人だと思うの。だからこそ、逆に死んだ気になって、この社会をよい方向へ変えてゆくために、生きて、努力してもらえたらと思うのよ」

「その考え方自体、もうだめなんです」

「どうして」

「こんな社会に、自分を合わせたくない。なのに生きるためには、合わすしかない、それがつらいんです。生活すれば、結果的に、知らないうちに誰かを犠牲にしたり、地球を壊したり、世界の誰かが殺されることに自分の税金が使われたりします。それが耐えられないんです」

「気持ちはわかるの、すべてでなくても、少しはわかる。でもね、社会は変われると思うのよ。生きることが、誰かを犠牲にすることなら、いま生きていられること自体、やはり恵まれている証《あかし》でしょ？　その恵みを、むだにしてほしくないの。誰かを犠牲にしていることに苦しみながら、なお生きることで、あなたは別の豊かな何かを見いだす可能性があると思う。それを、人のために役立てることで、生きる意義が新たに出るかもしれない。逃げるのじゃなく、立ち向かってほしいの。希望を持ってほしいのよ。聞いてらっしゃる？　もしもし、もしもし、もしもし……」

【二〇〇三年　五月五日（月）】

氷崎游子《ひざきゆうこ》は夢を見ていた。

途中からもう夢だとわかっていた。

海を望む高台にある高級マンションの、清潔なダイニングルームに、彼女はいる。テーブル上のクリスタル製の花瓶に、花を活《い》けているところだった。赤と白のカーネーションに、黄色の小バラ、緑の葉も適当に散らしてゆく。室内には、ヴィヴァルディの『四季』が流れている。

彼女の髪は、胸のあたりまで伸び、光沢があって、豊かなウェーブがかかっていた。袖《そで》なしの白いニットを着て、有名デザイナーのロゴの入った明るい色調のスカートをはき、毛でふかふかしたスリッパをはいている。

窓の外には、緑色の照明でライトアップされた海に架かる大橋が見える。港に入る豪華客船も、きらびやかな明かりに包まれ、その奥には巨大な観覧車が回っていた。

確かに夢だとわかっていたし、こんな贅沢《ぜいたく》をすること自体、自分には不似合いだと思いながら、しかし、この世界に浸るように、浅い眠りのなかにとどまっていた。ふだんから寝つきが悪く、しかも、起きればまた現実のつらい生活が待っている。せっかく寝つけたこの時間を、できるだけ引き延ばしたい想《おも》いだった。

游子はその夢のなかで結婚していた。

相手は、現実にはもう会っていないが、かつて結婚の可能性もあった男性だった。彼とのあいだに、夢ではあるが、子どもがいた。男の子で、中学生くらいだろう。顔はぼやけて、はっきりしない。ほかに夫の父親、つまり舅《しゅうと》がいた。舅の顔は、現実に存在している游子の祖父とそっくりだった。

食卓には笑い声があふれている。暖かい印象の照明のもと、テーブルの上に色鮮やかな野菜と、新鮮な魚介類や肉を組み合せた料理が並んでいる。湯気が漂い、香りが食欲を刺激する。ワインと高級なグラスもそろっていた。

游子は、家族に向かって、この日起こったささやかな出来事を話した。へえ、面白いね、そりゃいいと思うな……と、肯定的な返事ばかりが返ってくる。食事やワインのせいばかりでなく、からだが内側からあたたまる。隣のリビングルームでテレビがつけっ放しになっていたが、家族は会話を楽しんで、誰も目を向けていなかった。

息子の話に笑った拍子に、游子はテレビに視線をやった。画質のよい画面には、まるで目の前に存在しているかのように、外国の情景が映し出されていた。

或《あ》る大国の軍隊が、ビルを取り囲み、銃撃を繰り返している。ほどなくビルからは、次々に死体が運び出されてきた。テロリストを制圧という文字が、画面に現れた。

音声は聞こえない。夢のなかの彼女に聞こえるのは、家族の笑い声と、たわいのない日常の会話だ。だってみんな私立に行くんだよ、しかしマンションのローンもあるしな、晩酌の量を減らすか、なあ游子……。

ええ、そうしてと答えながら、テレビのリモコンを手に取った。夢のなかでまで、こんなものは見たくない。テレビは消えた。なのに、画面の向こうにまだ、うっすらとおぼろげな映像が透けて見える。もう一度リモコンを操作した。だが、画面の奥の、幻のような映像は消えずに展開されてゆく。

どこかで信号音が鳴った。先ほどと同じ国の軍隊が、戦闘機やロケットを使い、林のなかの小さな村を攻撃していた。その地域には、エネルギー資源が豊富と外国語の字幕が出ているが、その下に日本語字幕でテロリストの拠点と訳されている。武器を持たない住民たちが逃げ惑い、小さな家々が破壊されてゆく。家と親を失った子どもたちの目が、まっすぐ游子に向けられる。

懸命にリモコンを操作した。見たくない、早く家族との会話に戻りたい。マンションのローンもある、息子の進学もある、夫の仕事も先行きが不安だし、おじいちゃんは少し腎臓《じんぞう》が悪い……考えなきゃいけない問題が沢山ある。とてもほかの人や、ほかの地域のことなどに、かまっていられる余裕はない。

「頭のなかの映像だから、消えないよ」

耳もとで声がした。

振り返ると、中学生の息子が椅子《いす》から立って、游子を見つめていた。

「ニュースは先進国から配信されるんだよ、ママ。だから先進国の被害は、五人でも五千人でも、ぼくたちは知ることができる。同情し、怒って、報復は仕方がないと思える。でもねママ、貧しい国にはカメラはない。大きい国に都合の悪い映像もカットされる。だから、貧しい地域で殺された子どもや、誤爆で吹き飛ばされた花嫁や、飢えや疫病《えきびょう》で死んだ家族の姿は、ニュースには流れないんだ。十万人、百万人と死んでも、ぼくらは涙を流せない。だって、テレビに映らないからね。わかる、ママ？　いまは、テレビに映らない死者は、はじめから生きている人としても、存在していない時代なんだ。すごいペテンだと思わない？」

息子が笑った。目鼻だちはあいまいなのに、笑っていることは理解できる。

「テレビに映らない悲劇は、頭のなかで見るしかない。でも誰もそんな面倒なことはしないよ。だからさ、世界的に見れば、ママも存在してないんだ。こんな小さな国で人が死んでも、世界のテレビには流れないからね。ママの死も、ぼくたち家族の死も、いわばゼロなんだよ。世界の人には、はじめから存在してないも同じなんだ」

息子がテーブル越しに手を突き出した。游子はとっさにからだを引いた。息子は血のついた包丁を握っていた。テーブルを見ると、夫も舅も、料理の上にからだを伏せて、動かない。背中には刺し傷がある。息子が笑いながら、

「ママ、どこにも存在していないママ」

と、包丁をひらひら振り回した。

もうやめてっ。游子は叫んで目を開いた。

周囲は暗く、しんと静まっている。

住み慣れた四畳半の部屋だ。天井も低く、かび臭いにおいがする。

二階建てのこぢんまりした貸し家だった。同じタイプの貸し家がほかに六棟並んでいる。二階に狭い部屋が二つ、一階に台所と居間のほか、トイレと、足も伸ばせない風呂場《ふろば》がある。両親が下の居間で寝起きし、游子は二階の四畳半、もうひとつの六畳の部屋は、兄家族が里帰りしたときの客間で、ふだんは物置同然の状態だった。彼女の部屋の窓からは、海も、ライトアップされた橋も見えない。隣近所の、同じような

民家の壁や屋根瓦《やねがわら》が見えるだけだ。

游子は、布団《ふとん》の上で、からだを起こした。

午前三時過ぎだった。三時間足らずの睡眠で、偏頭痛が睡眠不足を訴える。

いま見た悪夢は、きっと昨日テレビで見たニュースの影響だろう。休日だった昨日の朝から、夕方、夜と、各局にチャンネルを合わせ、ひとつのニュースを追った。

都内のある家庭で、家族全員が死亡していた。中学生の少年と、彼の両親と、祖父の計四人だった。悪夢と同じ家族構成だ。

犯人については、まだ報道されていない。亡《な》くなった少年が家庭内で暴れていたという話を、夕方のニュースで聞いた。夜のニュースでは、少年の手による書き置きらしきものが残されていたという未確認情報が流れた。捜査当局は、少年による無理心中の可能性と、外部による犯行の両面から調べを進めているという。

やりきれない想いだった。日常的に無力感を感じているところへ、あらためてこうした事件が起きると、ただ打ちのめされるばかりだ。去年の十二月頃に千葉で、今年の二月には埼玉で、やはり子どもによる無理心中事件が発生している。誰も助けられなかったのか。家族の周りにいた人々は何もしなかったのかと、つい見知らぬ誰かを責めてしまう。

職場では、こうした家族内の悲劇が起きるたび、同僚と討論した。しかし、原因を十分に分析できる能力も、それを解決できる立場にもない。自分たちが相談を受けた事例を、和解の方向へ導くだけで、精一杯だった。しかも、個人や組織上の限界があって、それさえ思うようにならない。

游子は、もう眠れなくなり、部屋の明かりをつけた。読書でもしようかと、本棚を振り返る。心理学と、男女間の文化的な差別問題を扱った本が、多く並んでいる。夢には真の願いがあらわれるという古典的な考え方は、信じていない。それでも、いま見た夢での生活ぶりや、旧来の女性の幸せに浸っていた姿には、自分の心を疑いたくなるところがあった。

いまは本はやめて、鞄《かばん》にしまってある携帯電話を出した。悪夢の最中、着信の信号を聞いた気がした。その信号を聞いたのを境に、悪夢がひどくなったようにも思う。

留守番電話サービスに、用件が吹き込まれていた。椅子に腰掛け、内容を聞く。

「こんな時間にすみません」

一時保護所の保母からだった。

「駒田《こまだ》玲子《れいこ》ちゃんの姿が見えないんです」

先月二十七日、游子は児童福祉司とともに、酔った父親から暴力を受けていた可能性がある、八歳の少女、駒田玲子を保護した。玲子の父親については、担当の検事が連休で休みに入り、まだ起訴になるかどうか決まらず、留置されつづけている。そのため、少女の処遇も決められずに、一時保護所で預かったままの状態だった。

游子は、録音を最後まで聞き終え、電話を掛け直した。すぐに保母が出た。

玲子はまだ見つかっていなかった。保母が十一時に部屋を見回ったときには、確かに寝ていたのに、二時に回ったとき、彼女のベッドは空だったという。

「わたしも、すぐ行きます」

電話を切って、パジャマからジーンズとシャツに着替えた。階下でトイレを済ませ、洗面所に立つ。顔を洗い、保湿液だけをつけ、髪に簡単にブラシをかけた。二階へ戻ろうとしたとき、居間から障子越しに父の声がした。

父は三年前に脳梗塞《のうこうそく》で倒れた。二度の手術を受け、命は取りとめたが、左半身に麻痺《まひ》が残り、一日のほとんどをベッドのなかで過ごしている。母はこの時間、ベッドの横の床に、布団を敷いて寝ているはずだった。

「游子か」

父の声がもう一度する。

黙っていようと思ったが、あきらめて、

「そうだけど」

「おしっこが、漏れる」

「おむつをしてるんじゃないの?」

「おむつだと、出ん」

游子は、焦《あせ》りもあって、そのまま行こうとした。

「游子」

仕方なく障子を開いた。八畳の部屋に、小さな常夜灯がついている。父がベッドのところからこちらを見ていた。母は眠っているのか、頭から布団をかぶっている。

「仕事で、もう出なきゃいけないのよ」

ひそめた声で父に言った。

「おしっこが気になって、眠れん」

父の眉間《みけん》の深い皺《しわ》が、游子の罪悪感を刺激した。

ベッド脇《わき》に進んで掛け布団をはぎ、父の上に身をかがめる。彼の腋《わき》の下に手を入れ、正面から抱くようにして起こした。父は右半身がまだ多少は使える。彼を左側から支え、母を踏まないように気をつけて、居間の隅に置いたポータブル・トイレまで連れていった。

「ここじゃない」

父が首を横に振った。廊下の先にある本当のトイレのほうへ行きたがる。

「急いでるから、ここでいいでしょう」

游子はつい苛立《いらだ》った口調で言った。

だが父は、居間から出ようと、足になお力を入れる。游子は、あえて力を抜き、ポータブル・トイレのところで父を下ろした。

「ここじゃあ、出ん」

父が怒ったように言う。

「保護所からいなくなった子がいるの。急いで捜さなきゃいけないのよ。腰を上げて」

父がいやいや腰を浮かせた隙《すき》に、ポータブル・トイレのふたを開け、彼のトレーニングウェアと、パンツ型の紙おむつを下ろした。

「上で用意してくるけど、すぐ降りてくるから、ちゃんと済ませておいてね」

游子は二階に戻った。布団をたたんで押入れに上げ、上着を着て、仕事用の鞄を持って降りてゆく。父の前へ進み、

「終わった？」

父はむっつりした顔で宙を睨《にら》んでいた。

もともと頑固な人だった。意識的でなく、しぜんと男性上位の考え方をする、昔ながらの人間だった。游子は思春期の頃から、彼の考え方や、物言いに違和感を抱き、早いうちに家を出た。だが、彼が倒れ、母も体調を崩したため、三年前に家に戻った。いまは彼女がこの家の家計を支えている。

「もういいのね」

病気で思うようにならないからだを抱え、深く傷ついているだろう父の尊厳を、本当は優しく守ってあげたい。ずっと勉強してきた性差別の問題とは関係なく、余裕がなかったり、感情的に苛立ったりして、そうできないことのほうが多かった。

父を抱き起こして、おむつとトレーニングウェアを上げる。彼のからだを支え、ベッドまで運んだ。彼をベッドに下ろしたところで、ほっと息をつく。すると父は、游子の二の腕のあたりを右手でつねった。

「痛いっ」

父は、知らぬ顔でベッドに横になり、彼女のほうに背中を向ける。

悔しくて、泣きたくなった。そんな時間もなく、ポータブル・トイレのふたをして、居間を出ようとした。

「大きいの、出てた？」

母の声がした。布団から顔を出さないままだ。

何よ、起きてるんなら手伝ってよ……喉《のど》もとまで言葉が出かかる。だが、ふだんは母がずっと父の世話をしていた。

「小さいのだけ」

感情を殺して伝えた。

母のため息だけが返ってくる。

母は五十六歳で、父より二つ年上だった。老《ふ》け込む年ではないのに、介護疲れと更年期障害が重なったらしく、以前に比べて感情の起伏が激しくなった。急に叫んで皿など投げるかと思えば、何時間もぼんやりとして、頭が痛いと、ずっと横になっている日もある。

「行ってきます」

游子は、閉めた障子越しに声をかけて、家を出た。

離れた駐車場まで走り、ずいぶん前に中古で買った軽自動車に乗り込む。

たとえ微力でも、できる範囲のことを懸命にやればいい……そう自分に言い聞かせて、これまで仕事に励んできた。だが、懸命にやったからといって解決するものでもなく、むしろ解決とは何かと、根源的な問いを突きつけられるのが、児童問題であり、家族問題だった。

駒田玲子を保護したことが本当によかったのかどうか、いまも迷いがなくはない。短期的にはよくても、長期的には悪い方向に進むことは、多々あることだった。もちろん逆に、当初は恨まれても、長い年月ののちには感謝される場合もある。

游子は、信号待ちのあいだに、一時保護所の保母にもう一度電話を掛けた。

「どうなの、玲子ちゃん」

「すみません、まだ見つかってません」

警察にも連絡し、駆けつけた職員たちも一緒になって周辺を捜しているらしい。いまから向かって、どこを捜せばいいのか、捜すべき場所が残っているのか、

「屋上は？　本棟のほうはどうなの」

思いつくまま質問したが、すべて捜されたあとだった。

電話を切り、車を発進させた。走りながら、保護したときの玲子の姿を思い出した。唾《つば》を吐きかけられた頰のあたりがむずがゆくなり、思わず手でこする。

だったら、ここでまってる。

少女は確かそう言った。父親が警察に連行されていった夜のことだ。

游子は、次の交差点でUターンした。三十分ほどで、玲子が父親と暮らしていたアパート近くの、住宅地へ着いた。信号で停車したとき、道路脇の公園に八重桜が見えた。花はすべて散っていた。

表通りに車を止め、玲子を保護したアパートまでの細い道を歩いて進んだ。一時保護所からアパートまで、徒歩で三時間はかかる。本当に八歳の少女が帰ってくるだろうか。周囲を確認しながらアパートの前まで進み、二階の部屋を見上げた。部屋に明かりはなかった。

階段をのぼり、例の部屋の前に立つ。ドアには鍵《かぎ》が掛かっていた。台所の窓が目に入る。手をかけると、簡単に開いた。室内の片隅に、うずくまったような小さな影が見える。

「玲子ちゃん……玲子ちゃん……」

影に向かって呼びかけた。

返事はなく、影が動く様子もない。

もしそれが玲子で、怪我《けが》でもしていたらと思い、游子は靴を脱ぎ、窓枠に手を掛けた。右足も上げて窓枠に置き、腕の力でからだを引き上げる。障害の残る左足がやや曲がりにくくて苦労したが、右足で踏ん張り、左足を先に流し台に下ろして、室内に入った。

隅にうずくまった影からは、規則正しい寝息が聞こえる。部屋の電灯をつけた。玲子が毛布にくるまり、親指をしゃぶるようにして眠っている。電灯を消し、玄関先で保母に電話をした。玲子がいたことと、もう少ししたら連れ戻すことを伝え、電話を切る。ふたたび玲子のもとへ進み、彼女の隣に腰を下ろした。

窓の外の街灯の光を受け、玲子の顔色が青白く見えた。頬がこけ、瞼《まぶた》の薄い皮膚が痛々しい。八歳の少女には重過ぎる人生が、生気をひと皮ずつ剝《は》いでいるかのようだ。彼女の額に、そっと手のひらをあてた。

玲子が、寝息を一瞬乱して、寝返りを打った。体温を求めるように、手を伸ばし、游子の膝《ひざ》の上に頭を乗せてくる。逃がさないつもりか、游子のシャツの端をぎゅっと握った。

声が洩《も》れるのをこらえ、玲子の頭を撫《な》でた。見つかってよかったという安堵《あんど》が、いまになって湧《わ》いてくる。游子にすべてを預けた少女の寝息が、どんどんゆっくりになる。どんな夢を見ているのだろう、寝顔に笑《え》みが浮かんでいた。

＊

天井から吊《つ》られたミラーボールにライトが反射し、煙が紫や黄色に変化してゆく。ダンス音楽の低音のリズムが、真っ赤な絨毯《じゅうたん》を敷きつめた床と、酒と煙草《たばこ》と香水と汗の臭《にお》いに満ちた空気をふるわせる。

巣藤浚介《すどうしゅんすけ》は、目の前でゆらめく煙の向こうに、オレンジ色のキャンディーが空中に漂うのを見た。深い考えもなく、首を伸ばして、キャンディーを口に入れた。甲高い悲鳴と笑い声がはじけ、

「何やってんのよ、センセ～」

浚介は、顔を押さえられ、口から指を引き抜かれた。彼の向かい側に座ったネグリジェ姿の若い女が、

「もう、べちょべちょだよぉ」

と、口をとがらせ、爪《つめ》にマニキュアを塗った指をおしぼりで拭《ふ》いた。

浚介は、ぼんやりと意識が戻り、自分がランジェリー・パブにいるのを思い出した。

店内にはボックス席が八つ設けられ、そのひとつで、彼は友人とともにホステスの接

待を受けている。目の前のテーブルには、ウイスキーのボトルと水割りのグラスが置かれ、ホステスたちは皆、下着が透けて見える色とりどりのネグリジェを着ていた。

「何をばかやってんだよ、浚介」

美大時代の友人で、小さな広告会社に勤めている男が言った。かつての同級生のなかでは、ずいぶん羽振りのよいほうで、この店に浚介を連れてきたのも彼だった。

「よっぽどストレスがたまってんだろ」

もう一人の友人が言う。やはり美大時代の同級生で、テレビの番組制作会社の美術部で働いている。

「本当にこちら、学校の先生なの？」

浚介の左隣の女が、呆《あき》れ顔で訊《き》いた。

「そうだよ。女子高生に囲まれた、羨《うらや》ましい境遇なわけよ」

広告会社勤めの男が答える。

「生徒さんたちの指が心配よぉ」

指をなめられた女が、皮肉っぽく言った。

「うるせえぞ、黙ってろ」

浚介は、グラスを手に取り、あまり水で割られていない濃い酒をあおった。

「大事な話があるって久しぶりに電話をよこすから、わざわざ時間を作ったんだぜ」

番組制作会社勤めの友人が苦笑する。

「大事な話は、彼女にあるんだよ。ねえ、仕事は何時に終わるの?」

浚介は、左隣の女の膝に頭を預けた。

「学校の先生とかお医者さん、よく遊びにくるけど、やっぱりすごいスケベよね」

浚介の右隣の女が言う。

「外国の神父が聖歌隊の子どもに性的虐待《ぎゃくたい》してたって、ニュースでやってた。聖職者なんて、この世で一番スケベな人種なのよ」

正面の女が、さっきなめられた指で、浚介を指さした。

「うるせえ、ひとくくりにすんな」

浚介は周囲を睨みつけた。「一生懸命、生徒のことを考えて、時間外に家を訪ねたり、生徒の就職のために走り回ったりしてる教師もいるんだ。何パーセントか、おかしいのがいて、どうして全員が同じに言われなきゃいけない。広告デザインやってる連中は、全員おまえみたいな若ハゲか。テレビ作ってる連中はみんな、おまえと同じ性病持ちか。世の中のホステスは全員おまえらみたいに……いい胸してんのか、こら」

浚介は、手を伸ばし、女たちの胸をわしづかみにした。悲鳴と笑い声が上がる。相手が身をよじったため、彼はソファから滑り落ちた。

ソファと床の隙間に、ピザが落ちているのが目に入った。ピザの切れ端に、小さなゴキブリがとまっている。チーズとサラミだろうか、黄色と赤の部分を、ゴキブリが触角をふるわせて食べていた。

浚介の酔った頭に、事件現場の情景がよみがえった。老人のからだの上に見えたものと、目の前のゴキブリとが重なる。

わっと叫んで、はね起きた。

ホステスたちの不安そうな顔と、友人たちの怪訝《けげん》そうな表情が目に入る。

「……ちょっと、くらくらした」

浚介は軽く頭を振ってみせた。

右隣の女が、彼の頭を撫で、

「ごめんなさい、どこか打っちゃった？」

「くらくらしたのは、ここの匂《にお》いにだよっ」

彼女の股間《こかん》に顔を伏せた。すぐに女が嬌声《きょうせい》を上げて肩をぶつ。浚介は、なおもおどけた声を発しながら、しかし必死に女の腰をつかんだ。香水は安物のようだったが、それでもいまはこの香りで、例の腐臭を忘れたかった。

「浚介、いい加減にしとけよ」

友人たちにたしなめられ、彼もようやく顔を起こした。

「ちょっと顔を洗ってくる」

女を離して、奥の洗面所に進んだ。鏡を見ると、アルコールが入っているのに、顔色がひどく悪い。それでも、今夜はひとりで過ごさずにすみ、救われたと思う。

事件現場を目撃した五月三日、浚介は警察署で深夜まで事情聴取を受け、未明にアパートの部屋に戻った。麻生《あそう》家の前には制服警官が見張りに立っていたが、マスコミは引き上げ、アパートの前は静かだった。部屋に入ってすぐ、ここにはいられないと思った。いたるところに隣家の腐臭がしみついている。錯覚かもしれない。それでも確かに腐臭を感じ、少しの物音にもびくついて、結局近くのビジネスホテルに泊まった。テレビをつけっ放しにして、明るくなってから眠りについた。ほどなく携帯電話が鳴った。警察からの呼び出しだった。その日も朝から深夜まで質問攻めにあい、夜は夜で寝つけないため、ホテルの有料テレビを見て過ごした。

今日もまた警察に呼び出されたのだが、供述の確認だけで午後には解放され、かえって不安になった。ひとりでいると事件現場のことが思い出されて、叫びだしそうになる。美歩《みほ》とはこんな状況では会いたくない。思いつくまま友人たちに電話を掛けた。約束もなく急に電話をして会ってくれるような友人は、学生時代にも数人しかいなかった。大事な話があるからと説得し、都合をつけてくれたのが、学生時代に芸術家になる夢を語り合い、結果として絵画とは違う世界に進んだ二人だった。

ランジェリー・パブの洗面所の扉が開き、大柄な男が入ってきた。客だろう、ワイシャツの袖《そで》をまくり、ネクタイを額に巻いている。男は、浚介の隣の洗面台にいきなり嘔吐《おうと》した。

〈なぜ助けてくれなかったの？〉

頭のなかで声が響いた。

〈あの子は、ぶっ殺してやるって叫んでたでしょう〉

中年女性の無残な姿が思い出される。彼女の隣には、やはりむごい姿をさらした中年男性がいた。ベッドの上から浚介を見つめて、彼が口を開く。

〈警察に通報してくれてもよかったのに。どうして行動してくれなかった〉

〈わたしらの不幸が面白かったんだろ？〉

老人の声が響いた。椅子《いす》に腰掛けた老人が、白濁した目で浚介を睨《にら》みつける。

〈わたしらがもがき苦しむのを、はたから楽しんでいたんだろ〉

浚介は、洗面所の扉を開け、外へ出た。絨毯につまずき、床に膝をつく。床の底へと、ずぶずぶ沈んでゆくような感覚をおぼえる。

「やめてくれ……」

手で顔を押さえた。

「どうしたの、気分でも悪い？」

ピンクのネグリジェを着た女が、彼の前にひざまずいた。

人肌のぬくもりが恋しくなり、目の前の女を抱き寄せた。女がふざけたような悲鳴を発した。

やめてくれ、と叫びそうになる。ふざけないでくれ。ほんの一分でいいから、おれをしっかり抱きしめてくれ……。

「こら、浚介、何してるんだ」

どやしつけるように背中を叩《たた》かれた。

「いい加減にしないか。帰るぞ」

友人たちに腕を取られ、店の外へ連れ出された。勘定もすんだのか、女たちの愛想笑いに送られ、エレベーターに乗る。

「よし、じゃあ次の店に行こう」

通りにはまだネオンがまたたき、多くの人の行き来がある。だが友人たちは、明日は仕事だからもう帰ると、浚介の誘いを断った。

「大事な話があるんだ。次の店で話すから」

手まで合わせて、彼らを引き止めた。友人たちは取り合わず、おまえも明日は学校だろと言う。確かに明日は連休も明け、授業があった。しかし……知ったことか。人が殺されたんだぞ、隣の家族が殺された、おれが見つけたんだ、おれは隣に住んでいながら、何もしなかった。

「すごい話なんだ、聞きたくないのか」

浚介は友人たちの気を引こうとした。「大事件だぜ。テレビや新聞でやってただろ」

彼らはどんどん駅のほうへ遠ざかってゆく。

「本当のことを聞きたくないのか。テレビも新聞も、本当のことは知らないんだ」

友人たちの姿は、ついに見えなくなった。

「怖いのか。真実が怖いのか。おれがそれを見つけたんだぞ、おれが」

おれに何ができたというのか。どうして、あんな扱いを受けなきゃいけない……。

あの日、麻生家の前で、パトカーに乗って待っていると、馬見原《まみはら》という刑事が戻ってきて、浚介に対し、罵倒《ばとう》しているのかと思うほど、強い語気で質問をぶつけてきた。

きみは、実際に何を見たんだ、何をした、怪しいものを見なかったのか。

そのとき浚介はどう答えたのか、まるで覚えていないが、矢つぎばやの厳しい質問はいまも頭に残っている。

隣に住んでいて、この家の異常に気づかなかったのかね、何か見るか聞くかしなかったのか、誰かが暴れる場面、悲鳴や助けを求める声、どうなんだ。

浚介は、一年近く前からの麻生家の事情や、ここ最近、麻生家から聞こえてきた声や音のことを話したように覚えている。

相手の刑事は、顔を紅潮させ、そんな騒ぎがあったのなら、なぜ助けに入らなかったのか、せめて警察に連絡をしなかったのかと、叱責《しっせき》する口調で言った。

浚介は、職業を訊《たず》ねられ、高校の教師だと答えた。相手の表情に険しさが増した。教師のくせに、隣に不登校の生徒がいるのを知っていて、何も手を打たなかったのかね、それでも教師と言えるのかね。

一方的に責められている状態が苦痛で、麻生家で実際に何が起こったのか、質問を返した。きみの見たとおりのものだと、相手は不機嫌そうに答えた。

でも、あれは、あの部屋のものは……人形でしょ？

刑事は、眉間《みけん》に皺《しわ》を寄せ、浚介の顔をじっと見つめ返した。

「なんだよっ」

肩を叩かれる感触に、浚介は顔を上げた。

居酒屋のハッピを着た男が、酒がなくなってるがどうすると訊《き》く。記憶もないまま、どこかの店に入ったらしい。酒を頼み、来るとすぐに口に運んだ。

浚介の前から馬見原という刑事が去ってまもなく、多くの警察関係者が行き交い、麻生家の周囲には立入禁止のロープが張られた。野次馬や報道陣も集まって、気がつくと彼はパトカーに乗って移動していた。

杉並署の取調室に場所を移され、警視庁の捜査員と管理官、さらには杉並署の刑事課長だ係長だと、様々な人物が入れ代わり立ち代わり、質問を浴びせていった。誰もが初めは物腰柔らかく、麻生家の様子などを訊いていたが、次第に詰問《きつもん》調となり、最後はまるで犯人扱いだった。

ここ数日の彼自身のアリバイを問われ、任意の提出をお願いしたいと、断れそうもない雰囲気のもとで、指紋も採られた。

一方、浚介の側からは何を質問しても、答えてもらえなかった。それでも捜査員とのやりとりや、警察官同士の話から、麻生家の子どもが家族を道連れにして、無理心中を図ったらしいと察することができた。

麻生家の少年と最後に会ったのは、かなり前のことだが、浚介が目撃したあの部屋の光景が、彼の手によるものとは、到底信じられなかった。

「閉店ですよ」

居酒屋の照明が落とされ、周りに客の姿もなかった。浚介は、背広から財布を出し、言われたとおりの金を払った。

「明るい道を帰ったほうがいいっすよ。近頃、このあたりも物騒になってきたから」

店の者の忠告を受け、店を出た。

通りから人の姿は減り、ネオンも半分以上が消えている。駅とは反対方向へ歩きだした。ひとりになりたくなかった。どこでもいい、目についた店に入り、夜が明けるまで飲んでいたかった。しばらく進むうちに吐き気をおぼえ、裏道に入って電信柱にもたれた。

誰かに追われている気がして、その場を離れ、ふらふらと人けのない道を進んだ。やがて小さな公園が見えた。逃げるように園内に入り、木陰のベンチに腰を下ろした。からだをまっすぐ保っていられず、ベンチの上に身を横たえる。遠くに街灯があるだけで、誰にも知られず暗い世界にひそんでいられることに安堵《あんど》し、目を閉じた。

おれが何をしたっていう……。

いや、実際は、何もしなかった。だがそれが、そんなに悪いことか。

だいたい、なぜおれだけが責められる？　近所の人間はほかにもいる。あの子の担任、同級生、保護者会の連中、教育委員会は何をしていた。地域を担当していた役所はどうだ。保健所、町内会、警察だってそうだ。あの地区を見回っていた警察官こそ責められるべきじゃないのか。

殺された父親の、会社の同僚なり上司なりは、様子が普通じゃないことに気づかなかったのか。母親には、子どものことを話し合う友人だっていたはずだ。親戚《しんせき》連中は、少年が家で暴れていたことを、察することさえできなかったというのか。

そうした連中こそ責められるべきだ。おれに罪があるなら、身近にいながら、あるいは職務上知りうる立場にいながら、何もしなかった、何も察することができなかった連中にも同様に、いや、おれ以上に罪があるはずじゃないか？

〈そうだ、罪がある〉

また頭のなかで声が響いた。

〈だから、ずっと言ってきたでしょ。この世界は罪にまみれているって〉

父と母の声だった。

浚介の両親は、彼がものごころつく頃から、ほとんど毎日のように言いつづけていた。

〈浚介、よく聞け。この世界は罪にまみれている。人々は、金や土地やファッションや飽食、名声や権力など、虚《むな》しいものばかりに欲望をつのらせ、結果として、この地球上の生命を危機にさらし、人間自身まで死に追いやっている。油断していると、おまえもこの世界に取り込まれる。この社会は一部資産家と権力者の長年の努力により、実に巧妙に自分に仕組まれている。真実が一般の者には見えにくくなってるんだ。だからこそ、つねに自分が罪を犯していないか検証が要る。生きていれば、どうしても欲望の芽を育てる。反省しながら生きることだ。慎《つつ》ましく生きていくんだ……〉

両親は、特定の宗教に帰依《きえ》したことはなく、誰かから特別何かを教わったわけでもないらしい。若い頃から社会の不正や不平等に関心があり、六〇年代後半日本各地で公害問題が表面化してきた頃、市民集会の場で出会ったという。きっと、それぞれが啓発し合い、妥協を許さないところまで互いを無意識に追い込んでいったのだろう。

父親はふだんは市役所に勤める公務員だった。人々の収めた税金から給料を得ている事実に対し、日々反省を口にし、娯楽を極力遠ざけた暮らしをしていた。

母親は、近所の道や公園を掃除して回るかたわら、欲望を抑えて質素に生きるという自分たちの信念を、人々に説いて回っていた。

そのため両親は、周囲から、風変わりと思われていた半面、真面目《まじめ》で謙虚で、虚飾のない実直な人間としても受け入れられていた。二人の意見に賛同して、家まで会いにくる人も少なくなかった。両親は、集まった人々と社会の問題点について話し合い、自分たちの犯している罪を嘆いて、反省を唱えた。

浚介は、そうした生活が窮屈でたまらなかった。成長するにしたがい、両親の考え方に対する疑問も大きくなった。

〈だって、おいしいものを食べたい、便利な暮らしを送りたいって、そういう欲求が世界を豊かにしてきたんじゃないの?〉

中学二年生のとき、思い切って反論した。両親は、怒るのではなく、心底落胆した表情を浮かべた。

〈これまでずっと何を見聞きしてきた。この世界が本当に豊かだと思うのか〉

父が言った。母は、五歳年下の弟に対し、〈お兄ちゃんが、とうとう外の学校で、悪い心のウイルスをもらってきたのよ〉と話した。

浚介はやっきになって言い返した。

〈電気や車の発明で生活は便利になったし、飢える人も減ったと思うよ。医療の発達が、人の命を救って、長寿になったはずだよ〉

父親はため息をついて、首を横に振った。

〈核ミサイルや銃で武装されたレストランを想像しなさい。先進国のレストランは、現実にそうした状況にある。テロや強盗や敵対国家に狙《ねら》われるなか、おまえは防衛費や警察の費用を高い税金で払った上で、レストランに座っている。先住民から土地を搾取《さくしゅ》し、大型の重機で森を壊し、様々な化学物質を飛行機からふりまいて、作物は作られる。そして、排気ガスをまき散らしながら、作物は車で運ばれる。何台も何台も車が走り継ぐあいだに、車が人をはねることもある。交通事故で亡《な》くなった人間は、車が発明されて以来、何人にのぼる？　車も船も石油で動くが、タンカーから流失した油で海がどれだけ汚れたか。また石油の利権のために戦争が起き、膨大な数の人間が死んでる。これは過去のことじゃない。まさにいま世界各地で、石油やエネルギーの利権をかけて紛争が起き、子どもが大勢死んでいる。いわば、レストランにいるおまえの奢《おご》った口を満足させるために、そうした悲劇が起きてるんだ……。医療は、利権争奪の戦争によって傷ついた兵士を治療するために発達した。また、戦争で利益を得た者が、長生きしたいため、あるいはさらに利益を得るために出資して、新薬が開発された。だから値段が高く設定され、貧しい地域の人はその薬が買えない。確かに欧米や日本など一部の人間は長く生きられるようになった。半面、死は尊いものではなく、ひとつの敗北と見る風潮が、世界的に強まってしまった。限られた人生を、謙虚に生きるという機会を奪い、人々を金儲けに走らせる元凶ともなっている。そうしたことが豊かさだと、おまえは本当に言えるのか。どうだ、答えてみろ〉

父の誘いかけは、罠《わな》だった。反論すれば、浚介自身も嫌っている、他人を踏みつけにしてもそ知らぬ顔の連中を擁護することになりかねない。だからこそ、いっそう腹が立った。

〈じゃあ、世捨て人みたいに山にこもればいいだろ〉

やけくそ気味の言葉を投げつけるのがやっとだった。だが両親は、その言葉に対しても、ため息をついて首を横に振った。

〈いまの社会において、山にこもるということ自体ぜいたくだと、なぜわからない。ゴミをどうする。生活廃水や排泄物《はいせつぶつ》はどうする。生態系はわずかなことでも崩れる。山の奥へ入ること、美しい海のそばへ行って暮らすことは、人間のエゴで自然を傷つけることになりかねない。都会を捨て、貧しくても田舎暮らしをというのは、エゴイズムと表裏一体の考え方だ。得手勝手な自給自足は、誰も助けない。多くの人口を抱えた世界では、それぞれが依存し合い、モノや労働力を売り買いすることで互いを生かしている。街や里をぎりぎり汚して生きることで、自然を守るほうが、まだましなんだ。罪の少ない生き方は、町なかで小さな仕事をし、途上国の商品を買い、ぜいたくは慎み、これ以上の罪を犯さぬよう反省しながら、生活することだ〉

そんな両親に、父方の祖父母が反対してくれた。母のほうは早くに両親を亡くし、親族がいない。祖父はかつて新聞社に勤め、祖母も教育熱心だったため、どちらかと言えばインテリと言われる人たちだったが、両親にはむしろ感情的な言葉で反論した。

〈もっと普通の暮らしをしてほしいだけだ。子どもに、誕生日にはケーキを食べさせてやり、クリスマスにはおもちゃを買ってあげたらどうだね。正月くらいごちそうを食べ、休みの日には、家族で遊園地へ行ってもいいだろう。世界に大勢の飢えてる子どもがいるのは、確かにかわいそうだ。おまえたちの考えにも一理ある。しかし、浚介たちだって、ある意味でかわいそうな子たちじゃないか〉

しかし両親は、彼らに賛同する人々が集まった席で、浚介の祖父母を糾弾した。二人のような考え方は、実はひどい偽善で、いまのような汚れた世界にしたのは、まさにこの二人のような考え方だと言った。

〈普通に楽しむ、普通に幸せに暮らす。そうした考え方が、欲望をつのらせる第一歩だと、この人たちにはわかっていない。資産が何十億もある人間の普通と、飢えてる人々にとっての普通は意味が違うのに、そこをあいまいにして語るのは、まさに欺瞞《ぎまん》ではないか。生きることの楽しさは、お金を使わなくても伝えられる。そして、苦しさや厳しさを伝えるのも、親の責務ではないだろうか〉

祖父母は、ついには両親の説得をあきらめ、せめて浚介たちを自分たちのもとで育てたいと提案した。

〈ぜいたくさせたいわけじゃない、遠足や修学旅行くらい行かせてやりたいだけだ〉

両親は、祖父母の申し出をはねつけた。だが浚介は、中学を卒業すると、祖父母の家に逃げ込んだ。弟も連れだしたかったが、彼はいつも母親にくっついていて、隙《すき》がなかった。両親はすぐに追ってきた。当時十歳だった弟も一緒で、彼は浚介に涙ながらに訴えた。

〈お兄ちゃん。みんなと帰ろうよ〉

浚介は拒否した。逆に弟を説得しようとして、両親にさえぎられた。

〈浚介、この子まで堕落させないで〉

〈おまえはもう魂まで世界の罪に汚れた。弟にうつしてくれるな〉

両親は結局、弟だけを連れて帰った。

浚介はその後、祖父母の養子になった。両親は反対しなかった。おまえはもう死んだと思っている、と答えただけだ。浚介が就職してほどなく、祖父母は相次いで亡くなった。祖父の葬式にも、半年後の祖母の葬式にも、両親と弟は参列しなかった。

もう忘れた……家のことも、両親の話も、とっくに頭のなかから振るい落とした。

そう信じているのに、不意に彼らの声がよみがえってくる。

〈何もしなかったおまえにも、関わりのあった人々にも、罪はある。みんな、言い訳をするだろう。気づかなかったのが罪か、何もしないのが罪なのかと……。浚介、おまえはもう立派にその社会の一員だな〉

「うるさい、うるさい」

声を上げて、からだを起こした。

すぐそばに、人の気配がした。

「おっさん、誰にもの言ってんの」

荒れた感じの声がした。夢か現実かまだ判断できず、答えずにいると、

「誰がうるさいって？」

と、足を軽く蹴《け》られた。

公園の暗い街灯を背景にして、五、六人の人影が目の前に立っていた。野球帽を後ろ向きにかぶっていたり、髪を金色か茶色に染めていたり、ピアスをしたりしているのが、ぼんやり見える。

「上等じゃないの、ねえ。誰が、どうるさいのか聞かせてよ」

「いや、きみたちに言ったわけじゃ」

浚介が立とうとした瞬間、今度はしびれるくらいに強く膝《ひざ》を蹴られた。思わずベンチにうずくまる。つづいてすぐ、首に重いものが落ちてきた。

*

馬見原は、深夜の捜査会議が終わったあと、午前二時にタクシーで自宅に帰った。

殺人事件は、原則として、事件の発生した地域の警察署に捜査本部が置かれ、警視庁の捜査一課と、地域署の刑事課が共同で捜査を進める。

その際、初動捜査が最も重要なため、捜査員たちは本部に詰めて、事件が解決しないかぎり、はじめの三週間は自宅に戻れないのが通例だった。

馬見原は、妻の佐和子が退院したばかりで、よく注意をするようにと担当医から申し渡されている。最近は書類処理が専門だったし、上司に強く申し出れば、今回の捜査から外してもらうことも可能だったかもしれない。

だが、事件現場に最初に臨んだのは彼だった。彼自身も今回の捜査は担当したかった。そのため、刑事課長の笹木《ささき》や、椎村《しいむら》たち後輩に協力してもらい、捜査会議が終わった深夜にいったん帰宅し、佐和子の様子を見て、早朝にまた本部に出るという綱渡りを、事件発見の夜からつづけていた。

自宅の門の前に立つと、ふだんこの時間は眠っている隣家の犬が、なぜかこの夜は起きていて、馬見原に向かって吠《ほ》えはじめた。無視して玄関まで進んでも、鉄格子《てつごうし》から鼻を突き出し、しつこく吠えてくる。すると、玄関の戸が開いて、

「おかえりなさい」

佐和子が彼を迎えた。

「起きてたのか」

馬見原は、驚きと照れもあって、怒ったような口調で言った。

「ちょっと、お化粧を変えようと思って、いろいろ試してるうちに遅くなったの」

佐和子は、ピンク色のパジャマの上に、白いカーディガンをはおっていた。顔がつやつやとして、眉《まゆ》の印象が違う。むだな部分を剃《そ》り、形を整えたようだ。結婚後、彼女が眉まで手入れしたのは初めての気がする。

「早く入って。いつまでも鳴きやまないから。タロー、おやすみなさいね」

佐和子は、隣家の犬に手を振り、彼が入ったところで戸を閉めた。

「しばらく遅くなるから、先に寝てろと言っただろ」

馬見原は不満をひきずった声で言った。

だが佐和子は、聞こえないかのように、

「ごはんはすんだ？　お風呂《ふろ》は三十分前に沸かし直したから、温かいと思うけど」

「そういうことは勝手にやるから、おまえは寝てればいいんだ」

「いいじゃない。眠くないんだから」

佐和子が悪びれずに言う。彼女は、居間へ進む馬見原のあとについてきながら、

「昼間ちょこちょこ居眠りしてるから、眠りは足りてるのよ。それよりもっ」

と、いきなり彼の肩に両手を掛け、背中にもたれかかってきた。

「こうやって待ってると、本当にわが家に戻ってきたんだって、実感が湧《わ》くの」

「ふざけたことを言ってるんじゃない」

馬見原は、彼女を振り落とすように肩を揺すり、居間に入って、背広を脱いだ。佐和子に対してよりも、彼女の言動にいちいち戸惑う自分のほうに、腹が立つ。

「メシはすませた。ちょっとだけ風呂につかって、二時間ばかり寝たら、また出る」

佐和子を見ずに、用件だけ、ぶつ切りのように言い渡す。

ハイわかりました、と返ってくるものと思っていた。しかし佐和子は、すねたよう

な表情で、床に落ちた彼の背広を爪先《つまさき》でつん、つんと突いている。

「もう三日つづけてよ。いまは書類仕事専門だって言ってたのに……」

馬見原は、怒鳴りたくなるのを抑え、

「背広を蹴るな」

戻って、背広を取ろうとした。とっさに佐和子が拾い上げ、ハンガーに掛けた。

馬見原は、彼女に背中を向け、ネクタイをゆるめてシャツのボタンを外した。

「本部事件なんだ。解決しないかぎり、しばらく遅くなるのは仕方がないだろ」

「警察なんてやめちゃえば」

さすがにどきりとして、彼女を振り返った。

だが、彼女はすました表情で、

「言ってみただけ。黙って、ハイハイって聞いてるのも悔しいもの」

以前は、ハイハイと聞いていたじゃないかと、言い返したい想《おも》いをこらえ、

「薬は飲んだのか」と訊《き》いた。

「時間どおりに飲みました」

「活動記録と、思考記録もつけたか」

「正確につけちゃっていいのかなぁ」

佐和子がいたずらっぽい口調で言う。

「どういうことだ」

「退院した日、夫は早く帰ると約束したのに、遅くまで帰りませんでした。わたしはひとりで夕食をとりました。その後もずっと、早朝から深夜まで帰ってきません。デスクワークだと言ったのに、しばらくそんな状態がつづくと夫は言ってます……って、そんな記録、先生に見せてもいいの？」

馬見原は、返答に困り、

「いやみなことを言うんじゃないよ」

吐き捨てるように言って、風呂場へ向かった。廊下の一部がキシッと軽く軋《きし》んだ。仕事の疲れと、いま追っている事件の不快さも加わって、つい気持ちがささくれ立ち、

「だったら真弓のところへ行けばいいだろ」

佐和子のほうに荒く言った。すぐに後悔したが、取り返しもつかず、まっすぐ風呂場へ逃げた。

確かに、佐和子の言ったように、退院後のことが事実どおりに記録されれば、馬見原は担当医から責められるだろう。

それでも、彼なりに努力はしているつもりだった。仕事中、少しでも時間があけば、

佐和子に電話をし、変わりがないか、薬を飲んだか、確認している。以前には、考えられないことだった。何も言わずに北海道や九州に出張し、一週間後にホテルから一言だけ連絡するというのは普通のことだった。黙って海外へ出張したこともある。三ヵ月間、連絡しないまま、大阪で張り込みをしたこともあった。佐和子はそれに対して一度も文句らしいことを言ったためしはない。

かつてのような佐和子に戻ってくれれば……と願うのは、馬見原のエゴであり、甘えだった。いまの明るい彼女のほうが、誰にとってもよいことだと、頭では理解している。だが、どうにも気持ちは落ち着かない。

風呂の湯はぬる目だったが、気持ちをほぐすにはよかった。佐和子のことをひとまず意識から払い、この三日のあいだに得た麻生家の情報を、静かに整理してみた。

捜査には、馬見原たち杉並署員と、杉並分駐の機動捜査隊、そして本庁捜査一課、第二強行犯第四係の捜査員があたった。現場の状況から、麻生家の家庭環境と、長男達也《たつや》の行動に、捜査の重点は置かれた。

馬見原は、本庁の若い捜査員と組み、達也の通っていた私立中学校の関係者にあたった。高校受験はもちろん、大学受験まで視野に入れた厳しいカリキュラムで授業を進めることで、一部では有名な学校だった。地方から下宿して通う子どもも多数おり、小学校時代の模擬テストで全国上位の成績でないと、入学は難しいという。達也は、学年二百五十二人中、二百三十七番の成績で入学していた。地元の小学校では優秀でも、全国から秀才が集まるため、順位が落ちるのは当然のことらしい。だが生徒にしてみれば、これまでとは違う結果に愕然《がくぜん》とし、落ち込むケースも少なくないだろう。

担任の語る達也像は、内向的で、周囲と変わらない普通の生徒というものだった。入学後も試験の順位は同程度のままで、そのことには悩んでいたようだ。二年生に上がった頃から遅刻がつづき、やがて風邪や腹痛を理由に、学校を休みはじめた。担任が母親から聞いた話によると、病院に診せても悪いところはなく、父親や祖父が仮病を疑い、叱責《しっせき》したが、どうしても腹が痛い、頭が痛いと言って、ベッドを出ないということだった。相談を受けた担任が、自宅を訪ねて、本人に直接注意したことがある。達也は素直に頑張ると答えた。だが、二年の夏休み明けには、まったく出席しなくなり、今年になってもそれがつづいていた。

馬見原は、正確には何度、麻生家と話し合いを持ったかを、学校側に訊《たず》ねた。二年時の担任は三度と答えた。しかし、家庭訪問をしたのは一度きりで、あとは電話で話しただけだという。臨席していた校長は、

「不登校の生徒は、彼だけではないもので」

と言い添えて、作り笑いを浮かべた。

授業についてゆけなくなり、途中で退学する生徒は、一学年で平均十五パーセント近くになるという。そうした教育水準を貫くことで、学校の伝統は守られ、毎年多くの入学希望者もいるのだと、校長は語った。生徒の家庭問題については、プライバシーの尊重という方針によって、学校側は介入せず、児童相談所や教育相談所の利用を勧めているとのことだった。

馬見原たちは、達也のクラスメートからも話を聞いた。達也と会話を交わした者は大勢いた。彼の性格についても、様々な意見が出た。だが、互いの家を訪ね合った者はなく、悩みを話したり、将来のことを相談し合ったりした者もいない。達也だからということではなく、クラス内ではほとんどそうした交流がない様子だった。

各捜査員の報告からは、達也が家庭内暴力などの問題行動を起こしていたことが、多面的に立証されつつある。それに対して、両親や祖父は有効的な手を打てず、困り果てていたらしい。麻生家の人々は、他人から恨みを買うようなことはなく、近所の評判は良くも悪くもない。現場からは、金銭や貴金属類が盗まれた形跡はなく、室内を物色されたあともなかった。捜査本部では、達也による無理心中という結論が、しぜんと導き出されつつあった。

馬見原はしかし納得がいかなかった。犯行現場に残されていた狂気と、達也の内省的な書き置きとが、彼のなかでうまくつながらない。

犯行にいたるまでの計画性と、現場の凶行も、相いれないように思う。

事件の夜、両親を襲い、二人が抵抗力を失ったところを縛り上げる。二人のパジャマを大型カッターで切って、裸にする。次に、二階で眠っている祖父を起こし、適当な嘘《うそ》をついて一階に呼んで、寝室の椅子《いす》に縛りつける。

そこまでは、細心に計算した上で、冷静に行動したように思える。だが、そのあと両親に対してノコギリを使った行為は、とうてい常人には理解できないものだった。

捜査員のあいだでは、冷静に思える計画性も、実際は狂気じみた心理から発しているのではないかという意見が出た。また、思春期の少年であれば、知性ばかりに偏《かたよ》った脳の働きと、性的な衝動とのアンバランスから、冷静と錯乱の両方の行為をとってしまい、さらには犯行後、罪を悔いる書き置きを残したとしても、決して矛盾しないという意見も出された。

今年の二月には、埼玉県警の管内で、十九歳の少年が両親を殺害したあと、自殺していた。昨年十二月には千葉県警の管内で、十八歳の少女が母親を殺害して、自殺している。やりきれないような家庭内の悲劇は、それこそ毎日のように起きている。

「しかし、だからといって……」

馬見原の口から洩《も》れたつぶやきには、勘とも言えない、一種の願いがこもっていた。

そのとき、彼の思考を断つように、湯気に曇った引き戸が開かれた。

「湯加減、どう。少しぬるいでしょ」

佐和子が入ってきた。彼女は、タオルで前を隠していたが、明らかに裸だった。

「どうしたんだ」

馬見原は、困惑し、湯船のなかで身を固くした。

佐和子は、少し頬を赤らめながらも、

「背中を流してあげようかと思って。一緒に入るなんて、ずいぶん久しぶりよね」

と、タオルを取り、裸になった。年をとったといっても、肌は白く、病院で運動療法をしていたこともあってだろう、十分に張りがあり、腰のあたりの豊かな丸みは、彼の目にもまぶしく映る。それがかえって恐れにも近い、不安な感情をかきたてた。

佐和子が最初に入院して以降、一度目の退院のおりも、外泊で戻ってきたときにも、彼女のからだにはふれなかった。彼女の精神状態がつらくなる前、息子を失ったときから、そうだった。気がつくと、八年も彼女にふれていないことになる。佐和子のからだはこんなだったかと、新鮮な印象さえあり、あらためて驚きもする。

「いや、からだはもう洗った。ちょうど出るところだった。おまえはゆっくり入れ」

馬見原は、やけにどぎまぎして、湯船から出た。

佐和子が、表情を曇らせて、

「あら。だって、まだ入ったばかりじゃない」

「今度またゆっくり流してもらおう」

彼女を見ないようにして、そそくさと脱衣場に出る。とたんに、

「だったら、わたしも入らないっ」

佐和子がきつい口調で言って、脱衣場に出てきた。彼女は、自分の脱いだ服を抱え、裸のまま居間のほうへ戻ってゆく。

「真弓のところへなんて、行きませんから」

廊下のあたりで、きっぱりという声が聞こえた。馬見原が廊下に顔を出すと、彼女が裸の尻《しり》をこちらに向けて、居間へ入ってゆくところだった。

退院して変わったいまの佐和子に、馬見原はまだなじめない。そのためか、別れた冬島綾女《ふゆしまあやめ》のことがしぜんと思い出され、佐和子に対してか、綾女に対してか、はっきりしないが、罪の意識に胸が痛んだ。

【五月六日（火）】

芳沢亜衣《よしざわあい》は、パジャマ姿で、部屋のベッドに横たわり、次第に明るくなるカーテンに目を向けた。

明るくなるな。太陽なんて昇るな。

祈りとも、願いとも言えない。祈ったり願ったりしても、何にもならないことは、十五年の経験でわかっている。無力な心のたんなるつぶやき……。

どうする？

亜衣は自分に問いかける。本当に学校へ行く気？　どんな顔して校門をくぐるの。連中がどんな風に迎えると思う？　呼び出しくったら、なんて答える。何もなかったことにしてもらえると思ってるの？

わかるわけない。そんなのわかんない。学校へ行かないなら、どうする気。ここで寝てる？　いつまで？　誰もがわたしを忘れるまで。それって、いつ。一ヵ月、半年、一年後？　意外に一週間で忘れられるのかも。

たとえ三日でも、ママのいらいらした声を聞いて横になってるなんて、我慢できない。ママだけじゃなく、パパまで変な顔をして、妙なことを言いだすにきまってる。保護された翌日、亜衣は母の呼んだ医者の診察を受けた。三十七度後半の熱があり、軽い風邪と診断された。しばらく寝ていられる権利を得た気がして、ほっとした。以来、部屋を出るのはトイレのときくらいで、食事も母が運んできた簡単なものをベッドの上で食べた。

父は、昨日の朝、海外出張から帰ってきた。商社のエネルギー開発部門で働いており、主に中東とヨーロッパが担当だと前に聞いたことがある。ときおり中央アジアやロシア方面へも出張する。今回は、中東で大きな問題が生じたため、イギリスとフランス、その後クウェートでも緊急の商談があったらしい。

母の希久子《きくこ》は、亜衣が警察に保護された一件を、父には話していない様子だった。亜衣はこれまで素行上の問題を起こしたことがない。小学校を含めて学校を休んだのも、本当に病気にかかったときの数回だけだ。今回の亜衣の行動が母には理解できず、何かの間違いだと、自分に言い聞かせているようだった。父に話せば、問題がむし返されたあげく、もう今と同じようには暮らせなくなる可能性がある。母はそれを恐れたのか……あるいは、父から一方的に子育ての仕方を責められるのを、避けたい想《おも》いがあったのかもしれない。

父の孝郎《たかお》はひとりっ子で、亜衣から見ても、お坊ちゃま育ちと感じるところが多々あった。基本的に関心があるのは自分のことだけで、そのせいか冷静さが、ときに冷淡と感じることがある。自分の思うように事が進まないと、かんしゃくを起こし、ぷいと外へ飛び出したことも何度かあった。新しいものを好む半面、両親から受けた影響か、根っこのところでは、男は仕事で多く稼げばよく、家は妻にまかせるという考えの持ち主だった。大学で経済学を修め、自分の父親が勤めていた銀行と取引のある商社に入社した。昨年三月、プロジェクトチームのリーダーに昇格したらしく、さらに出張が増え、たまに家にいるときにも、書斎でパソコンにかじりついている。

母の希久子は、弟が二人いる長女として、仙台に生まれた。両親は健在で仙台に暮らしている。亜衣が、仙台の祖父母から聞いた話では、希久子は昔からしっかり者で、弟たちの面倒をよく見たらしい。彼女が家事全般にうるさいのは、それでなのか、亜衣は行儀から掃除、服のたたみ方ひとつにも、こまかく指示されてきた。東京の大学に進学後、銀行に入社し、上司の紹介で父と知り合った。結婚後、一度流産したという話を、亜衣は父方の祖母から聞いた。その三年後に亜衣が生まれた。

同居していた祖父は十二年前に癌《がん》で、祖母は昨年の夏、脳卒中で亡《な》くなった。

祖母と母はあまり仲が良くなく、父はそれを嫌って仕事に逃げていた。祖母と母のあいだに入るのは、いつも亜衣だった。祖母さえいなくなれば、家族は落ち着いて暮らせるのにと思ったことがある。だが、本当に亡くなると、家には虚《うつ》ろな雰囲気が漂った。祖母の死を願ったことに、亜衣は罪悪感を抱いた。自分が懸命に努力して、成績がよいのはもちろん、素行の面でもほめられる娘になれば……きっと両親は仲良くなり、亡くなった祖母も許してくれると思った。だからこそ難関と言われていた高校を受験して、この三月に合格した。

その結果、父は相変わらず仕事に没頭し、母は友人の貴金属店に誘われ、週に三回パートタイムで働くようになった。家族間の会話は減り、両親の仲も冷え込んでゆくばかりだ。亜衣は、自分の努力も、存在も、無意味に感じた。祖母の許しも得られた気がしない。

四月の入学後、次第に眠れなくなった。自分がどこにいるか、何をしているのか意識が消えることもあった。気がつくと、キッチンで変な料理を作っていたり、庭にパジャマのまま立っていたり、ときに用もなく家の外を歩いていたりする。コンビニで万引きしたのか、店を出たあと手に残った商品を見て、慌《あわ》てて振り捨て、逃げたこともあった。あの日も同様のことが起きた。

きっかけは、美術教室で描いた絵だ。

人の顔を描くように言われ、適当に筆を動かしているうちに、目の前の、色彩の渦《うず》に吸い込まれていった。次々と渦のイメージが生まれ、新しい渦を重ねていくうちに、やがて〈顔〉が現れた。暗くて、不気味な〈顔〉だった。もっと明るく、美しいものに描き直そうとすると、いらいらして、自分の手が憎らしくなった。ついには、もっと不快で、醜い、憎悪《ぞうお》に満ちた〈顔〉があらわれた。

コレハ、ワタシ？　カモシレナイ……。

そのとき、美術教師に肩を叩《たた》かれ、「いいじゃないか」と言われたのだ。それまで美術教師の名前も知らなかった。しょせんは受験科目にない教科だったから、頭に残っていなかった。その彼に、自分の裸に近いものを見られた……いや、もっと恥ずかしい部分をのぞかれたと思い、「いいじゃないか」と笑われたことに、憎しみさえ感じた。名簿で教師の名前と電話番号を調べた。

自分のことが誰にも知られていない世界に逃げだしたかった。気がつくと、夜の街を歩いていた。どこかへ消える前に、美術教師へ怒りを吐き出したくなり、携帯電話を掛けた。何を言ったかは覚えていない。電話機も汚《けが》らわしく思えて、道路に叩きつけた。そのあと男に声をかけられた。ここから新しいおまえが始まると、そそのかす声が頭の奥で聞こえた。ホテルに入ったとき、誰かへの復讐《ふくしゅう》を果たしているような、暗い快感をおぼえた。

だが、相手の舌の感触と口臭とを嫌って、灰皿をつかんで暴れたあと、相手の血まみれの手で足をつかまれ、だらしないくらいに悲鳴を上げた。この世界に押しつぶされるだけの存在だと思った。いつか押しつぶされたことにも気づかずに、意志もなく、流されるままに生きてゆくんだろう。

もし、このまま死んだら……と、何度も頭のなかで繰り返した想像は、愉快なものではなかった。きっと同級生に勝手な噂《うわさ》をされる。怪談ネタにされる可能性もある。あの美術教師は、せいせいしたと思うかもしれない。

「……ざけんじゃねえよ」

思い切ってからだを起こし、カーテンを開いた。朝の光が、部屋に差し込んでくる。布団《ふとん》をはねのけ、クローゼットから着替えを出した。階段を下りると、洗面所から出てきた希久子とぶつかった。

「あら、起きたの」

希久子の驚いたような声にも、安堵《あんど》がにじんでいる。

亜衣は、彼女の脇《わき》をすり抜け、洗面所に入った。

「おはようくらい言いなさい」

希久子の険しい声が追ってくる。

ドアに鍵《かぎ》を掛け、浴室に入って、シャワーを浴びた。熱い湯によって全身の古い細胞を流し去り、下から新しい細胞が生まれてくるところを想像する。浴室を出て、〈対決だ〉と自分に言い聞かす。教師たちに何を問われても、わからないとシラをきる。しつこく追及されたら、美術教師のせいにしてやろう。美術教師が反論したら、唾《つば》を吐きかけ、なじってやる。

亜衣は、鏡に向かって、憎々しい笑みの練習までした。自分の部屋に戻り、制服に着替えてから、鞄《かばん》を持って階段を下りてゆく。

この家は、亜衣の祖父が建てた。祖父の死後、改築して、システムキッチンや新型の浴槽のほか、便利な家具も加えた。一階には、ダイニングキッチンとリビングルーム、両親の寝室。祖父の書斎は、いまは父が使っている。二階には三部屋あり、一室に祖父母の遺品を置き、もうひと部屋は客間用、庭に面した一室を亜衣が使っていた。

亜衣は、玄関に靴を出してから、リビングに入った。

父の孝郎が、ダイニングテーブルの前の椅子《いす》に腰掛けている。ワイシャツを着てネクタイも締めているのに、下はパジャマのズボンで、新聞を読んでいた。テレビもついている。外国の地方都市で、高校生の少年による銃の乱射事件があり、多くの死者が出たと話していた。

ものごころつく頃から、毎日、死者の話を見せられてきた。楽しいアニメを見ていたのに、画面はいつのまにか誰かが死んだというニュースに変わっている。楽しい歌の時間が終わると、家族の誰かがチャンネルを替える。道路に散った血のあとが目の前にあらわれる。つぶれてしまった車、沈没する船、飛行機の残骸《ざんがい》、炎上するビル、集団で暴力を受ける人、石を投げる民衆には兵士が銃を撃つ、黒く縁どられた写真、葬儀の様子……。

いやだ、アニメを見たい、楽しい話を聞きたい。なのに、朝も昼も晩も、ごはんを食べてても、眠りかけていても、人が死んだというニュースを見せられる。両親も、祖父母も、何も言ってくれなかった。テレビに向かって、ひどいねとか、なんでだろうとか、口にすることはある。だが、幼い亜衣を気づかうような言葉はなかった。

つらかった。怖かった。悲しかった。亜衣はひとりでそれに耐えようとした。とても耐えきれなくて……小学校の三年生頃には、もう死を深く感じないことにした。

隣町で小さい女の子が虐待《ぎゃくたい》されて餓死した、そのことに心を動かすなら、アフガニスタンの或《あ》る地域で千人が死んだことには、もっと心を動かさなきゃいけないはずだ。

アフリカの小さな国で一万人が死んだなら、さらに心を動かさなきゃいけない。毎日、どこかで誰かがつらい目にあっている。そのことを、小さい頃から、ずっと見せられ、心に痛みを感じながら、でも放ったらかしにされてきた。家族だけじゃない。保育園の先生も、幼稚園の先生も、小学校の先生も、お医者さんも、テレビのなかの人も、何も言ってくれなかった。人を殺すのは悪いことだと子どもにちゃんと教えなきゃいけないと、テレビに出ていた大人が真剣な顔で語っていた。同じテレビで、次々に人が死んでゆくニュースが流され、でもテレビの人は何も言わなかった。誰も何もしてくれなかった。誰が死んだって、もう心は動かさない。ひどいね、かわいそうねと、両親に合わせて口を開いたとしても、五分後には忘れるようにする。心を動かしても、つらいだけだから。誰もつらさを慰めてはくれないから……。

「おう、おはよう、具合はどうだ」

孝郎が亜衣に気づいた。

亜衣は小さくうなずいた。

「そうか」

孝郎は、新聞に目を戻し、「顔色もいいし、大丈夫みたいだな」

亜衣はキッチンへ入った。希久子が朝食の用意をしていた。

「おはよう」

希久子がやや大きな声で言う。さっき挨拶《あいさつ》を返さなかったことに怒っているようだ。

小さく、おはようと返した。

「本当にもう大丈夫？ 学校へ行けるの？」

希久子が、亜衣の目をのぞき込み、念を押すように訊《き》く。あの夜のようなことは二度と起きないのか、と言っているのを感じる。

亜衣はうなずいた。

「信用していいのね？ 信用して、本当に大丈夫ね？」

だんだん面倒くさくなり、

「……いいよ」

ほっといて、という想いを込めて答えた。

希久子が眉間《みけん》に皺《しわ》を寄せる。

「いいって、それ、どういう答え？ ママ、心配して言ってるのよ」

「……だから、学校に行けるって」

「教室まで一緒に行ってもいいのよ。なんなら先生方にもう一度ちゃんと説明しておこうか。そのほうがいいんじゃない？」

希久子が父に聞こえない程度に声を落として言う。

「いいよ、ひとりで行けるから」

亜衣は突き放すように答えた。母に付き添われたりしたら、戦えなくなる。なおも視線を感じたため、

「ひとりで行ける。わかったでしょ」

強く言って、冷蔵庫を開けた。

希久子も、ようやく納得したのか、ベーコンエッグを作りはじめた。

「仙台のおじいちゃんたちから、昨夜電話があったの。亜衣はどうしてるって言うから、元気にしてるって答えておいた。本当に元気になってよ」

亜衣は、冷蔵庫からオレンジジュースとヨーグルトを取り、ダイニングのテーブルへ運んだ。クロワッサンを運び、グラスやスプーンも食器棚から取ってくる。

小学校低学年の頃から、こうして朝食の準備を手伝ってきた。日常の行為を繰り返すうちに、ここ数日止まっていた歯車が、ふたたび回りだす気がする。

希久子が、サラダを盛った皿をテーブルに置き、「洗濯、洗濯」と洗面所のほうへ走ってゆく。孝郎は、英字新聞を含め四つの新聞を次々広げ、いつもどおり勝手に食事をはじめていた。しゃべっているのは、ブラウン管のなかの人間だけになる。

亜衣もテーブルについた。テーブルで食事をとるのは何日ぶりだろう。クロワッサンを嚙《か》む音が、耳の内側を満たし、うるさいテレビの音をかき消してくれる。飲み込むと、また外の音が聞こえてくるため、すぐにクロワッサンやサラダを頰張る。喉《のど》が渇いて、ジュースを飲み、また次のクロワッサンに手を伸ばす。

「あの事件、やっぱり子どもがやったの？」

希久子の声がした。彼女はベーコンエッグをのせた皿をテーブルに運んできたところだった。

彼女の声にうながされ、亜衣は見たくもないテレビに視線をやった。

画面には、この家とあまり変わりない民家が映し出されていた。家の玄関付近がブルーのシートでおおわれ、男性リポーターがその家をバックにしゃべっている。

「もし、今回の犯行が長男による無理心中だとすれば、以前にも埼玉や千葉で同様の事件があっただけに、捜査当局だけでなく、教育関係者や家族問題の専門家たちをも困惑させる、異常な事態が若年層の心のなかで進行中だということかもしれません」

孝郎が、いきなり新聞を裏返し、

「わざと対立をあおってるんだよ」

とつぶやいた。亜衣たちに言ったわけではないらしい。別の新聞と見比べ、

「話し合いなんかつづけてたら、軍需産業もエネルギー産業も食糧産業もぽしゃって、雇用も減るし、株価は下がって、それこそ国がつぶれかねない。紛争が連中の国益なんだ。かわいそうなのは田舎の子たちだよ。地元で軍隊しか雇用がないのは、自由経済のせいなのに、それを守るために紛争地に送られてるんだから」

「悪いんだけど、今日、少し遅くなるの」

希久子が言った。彼女はキッチンに戻りながら、亜衣に向かってか、孝郎になのか、

「お得意様の開くパーティーに、店長と一緒に出てくれって頼まれちゃったの。立食で銀座から一流店の屋台も呼ぶんだって。会費二万よ」

孝郎は、別の新聞をまた開き、

「こっちも爆弾が落ちそうなところで商売したかないけど、火の粉をかぶらなきゃ別の社に取られちまうし、いやんなるよ」

「ファッション誌にコネのある人だから、むげにできないの。愛想笑いばかりで、いやんなるけどね」

夫婦は、それぞれの言葉に反応し、えっと互いの言葉を待った。だが、どちらも話しださず、しばらく沈黙がつづいたあと、

「……あなた、どうしたの」

亜衣は希久子に声をかけられた。「もしかして、それ全部食べたの？」

彼女は自分の前を見た。八個のクロワッサンを、孝郎が食べた一個以外、すべて食べてしまっていた。サラダも残っていない。一・五リットル入りのジュースも空だった。いまは、希久子が運んできたベーコンエッグを食べているところだ。

亜衣は混乱した。自分ひとりでこれを食べたとは、とても信じられない。

孝郎が苦笑した。

「ずっと寝てたからだろう。食うのは、元気な証拠だよ」

「おなか、大丈夫？」と、希久子が訊く。

亜衣はひとまずうなずいた。

「そろそろ出るか、遅れちまう」

孝郎が新聞をたたんで立った。洗濯機のブザーが鳴り、希久子も洗面所へ去る。

亜衣は、口のなかに残っていた卵が急に腐っているような気がして、皿の上に吐き出した。ぬるぬるする唇を、手の甲でぬぐい、椅子を倒して立ち上がる。リビングを出て、トイレに入った。便座を上げて、口を開く。喉の奥へ指を突き上げる。胃のなかのものが便器にあふれた。

純白の陶器が、目の下で汚れてゆく。吐いたそばから、またえずく。床に膝《ひざ》をついて、便器をつかんだ。食べたばかりの朝食が、からだから流れていった。

＊

あなたは誰ですか。名前を言えますか。

年齢、仕事、住所はわかりますか。

浚介は繰り返し質問を受けた。相手は白いヘルメットをかぶった男だったり、紺色の制服を着た男だったり、白衣を着た女性であったりした。

頭がぼうっと重く、目を開けられない時期が断続的にあり、質問に対しても、どう答えてよいかわからなかった。

目をはっきり覚ましたとき、周囲に人の姿はなかった。ベッドに横たわった状態で、周囲はカーテンで仕切られている。雰囲気から病院だろうと察した。

頭が痛むため、恐る恐る頭部にふれた。包帯が巻かれているようだ。手足をそろそろと動かし、ベッドから足を下ろして、慎重に立ってみる。少しふらついたが、すぐに安定した。

水色の薄い着物は、たぶん病院の入院着だろう。下には、何も身につけていない。

手術を受けた痕《あと》はなかった。肘《ひじ》と膝にすりむいた傷と、かすかに痛む脇腹《わきばら》に青黒い痣《あざ》がある。指先で顔にふれてゆく。切られたとか、鼻が曲がったということはなさそうだ。頭は重いが、外傷の痛みというより、二日酔いのものとあまり変わらない。

喉がひどく渇く。尿意もおぼえる。カーテンを開いた。自分のベッド以外に、三つのベッドが並んでいた。隣のベッドはカーテンで閉ざされているが、向かいのベッドでは、右足を天井から吊《つ》られた男が眠っている。斜め向かいのベッドでは、顔中に包帯を巻いた患者が、手鏡をのぞいていた。目と鼻と口だけが外に出ている患者は、こちらに気づき、

「じっとしてたほうがいいよ」

と、いがらっぽい声で言い、彼の枕《まくら》もとのナースコールを押した。一分と経《た》たずに女性看護師が現れた。看護師は、顔に包帯を巻いた患者に教えられ、浚介のもとへ歩み寄ってきた。脈と血圧を計られた。ものが二重に見えることはないか、吐き気はないかと訊《たず》ねられた。水が飲みたい、トイレに行きたいと訴えた。

トイレから戻ると、女性医師が待っていた。目の動きや、手の曲げ伸ばし、言葉の微妙な発声などを確認された。そして、ここがどこかわかるかと訊かれた。

「病院だと思う」と答えた。

病院の名前は、相手が教えてくれた。池袋にある救急指定の総合病院だった。額を十針縫った。全身に打撲と擦過傷があったが、骨折はなく、脳にも異状は見られなかったという。

ここへ運ばれた理由がわかるかと問われ、

「公園で殴られたからかな……酔ってて、よくおぼえてないけど」と答えた。

名前や連絡先は、質問されても答えられなかった。自分が誰か、わかりきっているはずなのに、言葉として出てこない。

朝食後、制服を着た警察官が現れ、事件の事情聴取がおこなわれた。相手が複数の若者だったことは覚えている。だが、何人に、どんな暴力を受けたのかは、はっきりしない。所持品の確認で、財布が盗まれていることがわかった。免許証とカード類も入っていた。携帯電話は踏みつぶされている。彼の身分や正体を示すものは、すべて失われていた。

「あなたのお名前は。年齢は、住所は、家族は。自分が誰か、わかりますか」

そうした質問に、自信をもって答えることができなかった。襲われたときのショックが、なんらかの形で精神に作用しているのか……頭のなかにある答えを、言葉としてあらわすことができない。顔に包帯を巻いている斜め向かいの患者も、若者に襲われ、クギを打ち込んだ木製のバットで殴られたらしい。事件後三週間経ったいまも、感情をうまくコントロールできないことが多いという。

浚介が、答えるべき言葉を見いだしたのは、昼食後のことだった。実際には、名前も、職業も、意識を戻した最初からわかっていた。

巣藤浚介、三十一歳、美術教師と答えれば、相手の「あなたは誰か」という質問に対する正しい答えになるということが、理解できずにいた。名前を答えるだけでは、彼の存在について何も伝えていない、相手はもっと深い面での「あなたは誰か」を問うているような錯覚を抱いていた。

救急車を呼んでくれたのは、通りすがりのカップルらしく、救急車が到着すると、名前も告げずに去ったらしい。つまり、誰も浚介の身元を知らなかったのに、或《あ》る人は救急車を呼んでくれ、救急隊員は病院に運んでくれた。病院のスタッフは、彼の傷を縫い、脳の検査をし、ベッドに寝かせ、優しい言葉をかけてくれた。いわば彼の存在は、身分証明とは関係ないところで、もう十分に認められていたことにならないだろうか……。

魔が差した感じだった。いたずらめいた行為だが、ふたたび現れた担当医師に、

「わたしは誰なんでしょう」

と、逆に訊ねた。

しばらく休むようにと言われた。記憶喪失を疑われたのかもしれない。奇妙な高揚感をおぼえた。巣藤浚介という人物に関する、あらゆる事柄から、解放されたように感じた。もう学校へ行かなくていい。部屋へも帰らなくていい。顔見知りの人々ともつき合わなくていい。現在だけではない。生まれ育った環境や記憶からも、自由になった気がした。

向かいのベッドでは、顔中に包帯を巻かれた患者が、手鏡でしきりに自分の顔を見ている。自分が誰か、懸命に確認しようとしているのだろう。

自分が「巣藤浚介」から解放されたあと、何者として生きてゆけるか、ベッドに横になって想像した。まず、生活するためには働かなければならないが、名前とともにいまの職場は失うわけで、財布もカードも奪われたから、預金も下ろせず、明日からの寝泊まりにも困ってしまう。雇ってもらおうにも、身元を保証するものがなく、福祉の恩恵を受けることは同じ理由でできないはずだ。日雇いの現場に偽名で雇ってもらえるとしても、いつまでつづけられるかはわからない。少し考えただけで、巣藤浚介という名前や、国籍をふくめた身分に、自分がひどく縛られていることに気づく。解放感もつかの間、なんて依存的な存在なのかと、腹立たしくなった。両親の家を出たあと、思うように生きられる存在へと自分を成長させてきたつもりだった。だが現実は、他人の意向や、法律や慣習に縛られている。通常の権利を得て生きるつもりなら、名前や国籍や年齢などの属性から逃れられない。

肉体的な痛みがあまりないこともあって、襲われたことより、そのことのほうが悔しかった。病院代の支払いなども考えると、じきに名前や職業を正直に告げなければならない。だったら、その前にとことん嘘《うそ》をついてやろうかとさえ思った。富豪の息子で、資産は数兆円で、恋人はスターの誰それで……と、ナース・ステーションまで行き、実際に話しそうになった。

看護師たちは忙しそうに働き、誰も彼に気づかなかった。若い女性看護師が、「アイちゃん」と同僚に呼ばれていた。芳沢亜衣のことを思い出した。

彼女はどうして浚介を身元引受人に呼んだのか。彼女も内面に、とんでもない嘘をつきたいような問題を抱えていたのだろうか。いまの彼のように、素直に本当を話すことが、悔しいような心持ちだったのかもしれない……。

亜衣が嘘をついた相手、児童相談センターの女性職員のことが思い出された。彼女は、亜衣のことを本気で心配し、最後まで警察署に残っていた。

看護師の一人が、浚介に気づき、

「何か思い出されましたかぁ」と、声をかけてきた。

不意をつかれたこともあり、

「あの、児童相談センターの、氷崎游子って人……」

と口にして、すぐに後悔した。

看護師は驚いた様子で、

「その人のことを思い出したんですね。お知り合いですか？　ご家族かしら？」

「あ、名前だけ……いや、いいんです。関係ないです。すみません」

浚介は慌《あわ》てて病室に戻った。

何をやっているのかと自分を疑う。病院側もわざわざ面倒なことはしないだろうが、万が一、氷崎游子へ連絡がいったとしても、彼女には意味がわからず、きっと間違いとして処理されるだろう。

看護師からもう一度質問されることを避け、誰でもないことの自由を、あと少しだけでも満喫するために屋上に出た。

よく晴れた日で、彼方《かなた》に富士山の山影が見えた。屋上は広く、洗濯物を干す一画があり、シーツやタオルが白く輝いている。三ヵ所にベンチが置かれ、二つは空いていたが、残り一つに、浚介と同室の、顔に包帯を巻いた男性がいた。隣には、妻らしい女性と、きっと娘だろう中学生くらいの少女が腰掛けている。

浚介は、彼らから離れ、金網を張っている柵《さく》のほうに進んだ。

「銀行が断った？　なんでだよっ」

男性の怒鳴り声が、浚介のところにも届いた。振り返ると、男性は子どものように両足をばたつかせていた。

「手形が不渡りになっちまう。工場がだめになるじゃないか、どうすんだよぉ」

「もう無理よ……」

女性が心底疲れた顔で言い、首を横に振った。

顔に包帯をした男性は、じっとしていられないのか、手も足と一緒に振りはじめ、

「入院したから、資金繰りが遅れただけだろぉ。仕事自体に問題はないんだよ。犯罪の被害者だぞ。警察はどうしてるんだよぉ」

「まだ犯人は捕まらないって」

「そうじゃない。被害者なんだから猶予《ゆうよ》をやれって、銀行に掛け合ってくれないのか」

「警察はそんなことしてくれないわよ」

「役所は？　銀行との仲介をしてくれるとか、救済措置を取ってくれるとか」

「そんな部署はないって。裁判所に申し立ててみたらどうかとは言われたけど」

「裁判なんか意味ねえよ。不渡りが出たって話が回った時点で、取引はストップされて、翌日には債権者が機械を全部持ってっちまうんだ。汗水流して、せっせと税金も払ってきたのに、国はどうして助けてくれないんだよぉ」

「興奮すると、からだに悪いから……」

女性がハンカチで自分の涙を拭《ふ》いた。隣の少女も泣いている。

のんびり富士山を眺めていられる状況ではなく、浚介は病室へ帰ろうと思った。すると、顔に包帯をした男性がこちらに歩み寄ってきた。男性は、隣に立って、金網をぐいと押し、

「あなたも襲われたそうですね」

と、怒りにふるえる声で言う。

浚介はうなずいた。彼に比べれば、傷も痛みも大したことはない。包帯を巻いた顔を間近に見て、なぜか気がとがめた。

「遊ぶ金欲しさですよ。まだ十五、六にしか見えなかった。そんな子どもたちが、一生懸命まじめに働いている大人を襲い、金を奪う。どういうことです?」

男性は、感情のコントロールがうまくできないのか、金網をぐいぐい押す。

「いっそ殺してくれりゃあ、保険金も下りたんだ。親の代からの旋盤工場がつぶれちまう。なんであの子たちは、人をこんな目にあわすんだ？ ゲームセンターですぐに消える程度の金を目当てに、どうして他人の人生をぼろぼろにするんだよぉ」

男性の声は、涙まじりになり、実際に包帯のあいだから涙を流した。

少女が、小走りに駆け寄ってきて、

「お父さん……」

と呼びかけた。男性が振り返ると、少女は彼の手を握り、ベンチのほうに連れ戻した。途中、少女は浚介を振り返り、申し訳なさそうに頭を下げた。

彼らが下へ降りたあとも、しばらく屋上に残り、街の情景を眺めた。たとえば世界各地の紛争地域に比べれば、平和で、暴力や悲しみが満ちているとはとても見えない。だが、そこここで小さな悲劇は起きている。全体の数パーセントではあっても、悲劇がふりかかった当事者には百パーセントの現実だった。先ほどの少女の姿に、同情というより、後ろめたいような心持ちを抱いた。

浚介は、ナース・ステーションへ下り、看護師の一人に、名前を思い出したことを告げた。医師の診察を受け、名前だけでなく住所も職業も年齢も答えた。電話を貸してもらい、学校へ欠勤した事情を伝えた。銀行とカード会社へも、盗難の連絡をした。

警察へは、病院の職員が連絡してくれた。警察はあらためて事情聴取に来るという。例の患者がいる病室にまっすぐ戻る気にはなれず、親切な職員に千円を借り、昼下がりの人けのない食堂に入った。窓際《まどぎわ》のテーブルにつき、食券を買ってコーヒーを頼む。中庭に植えられた名も知らない樹木を眺め、時間をかけて薄いコーヒーを飲んだ。

「あの方です」

と声がした。食堂の入口に看護師がいる。彼女に案内される形で、ジーンズに白いシャツを着て、手にジャケットを持った女性が、左足を少し引きながら、彼のほうに歩いてきた。女性は、慌てて駆けつけた様子で、額にうっすら汗をかいている。

看護師が、浚介に対して女性を紹介するように手で示し、

「児童相談センターの、氷崎游子さんです」

浚介は、立ち上がって、彼女と向き合った。すぐには言葉が出ない。

游子は眉間《みけん》に小さな皺《しわ》を寄せていた。入院着姿で包帯も巻いているから、彼がまだわからないらしい。彼に向けられた瞳《ひとみ》が、怖いくらいに真剣だった。

浚介にとっても、彼女は別人に見えた。攻撃的だった初対面のときとは、状況が違うせいだろう。表情は固いが、とげとげしさはない。真摯《しんし》で気の強そうな目に覚えがあった。罪の意識に似た恥ずかしさを感じつつ、

「巣藤です。練馬警察署でお会いしました……生徒の補導の件で」と伝えた。

游子は、ようやく思い出したのか、眉《まゆ》を開いて、小さく会釈《えしやく》をした。

「あの……どうぞ、お座りください」

浚介は向かいの席を勧めた。

「ええ……それじゃあ」

彼女は、また別の戸惑いを感じているようだったが、腰を下ろした。看護師はそのあいだに立ち去った。

「あ、何か飲まれますか?」

浚介は食券を買うために立った。

「いえ、けっこうです」

彼女が手でさえぎる。

椅子《いす》に腰を戻し、どうしてよいかわからず、顔を伏せた。窓から差す光が、二人のあいだのテーブルを白く照らしている。

「芳沢亜衣さんの先生の、巣藤さんですね」

彼女が確かめるように言った。

「そうです」

浚介は目を上げた。

游子は、まだ状況が呑《の》み込めない様子で、

「怪我《けが》をなさって、何も思い出されない状態にあると、電話で聞いたんですけど……

大丈夫でいらっしゃるんですか」

彼女の声には、質問だけでなく、彼を思いやる調子もこもっていた。その視線が、頭の包帯に向けられているのに気づき、

「いや、見た目ほど、ひどくないんです」

手で軽く頭にふれてみせた。

「でもご記憶を少し……とうかがいました」

「いやぁ、もともと覚えは悪いんです。たぶん一時的なショックだったと思いますけど、もう戻りました。すみません、わざわざ来ていただいて」

「怪我がさほどでなかったのは、なによりです。でも、どうしてわたしを」

「あ、ええ、どうしてなんでしょうか」

浚介は首をかしげた。冷や汗が背中を流れてゆくように感じる。

「何かの拍子に、頭に浮かんできて……ふっとつぶやいた言葉を、看護婦さんが聞き取ったみたいです。病院があなたに連絡したのも、知らなくて」

「そうですか。何か、わたしに御用かと思ったものですから」
「本当にどうも、ご迷惑おかけしました」
「いいんです。それはいいんですけど……」
緊張していた彼女の姿勢から、力が抜けるように見えた。目の表情も柔らかくなり、
「でも大変でらっしゃいましたね。真夜中に、大勢から襲われたとか……」
「酔った会社員とかを若い連中が襲う事件があるでしょ、たぶんあれです。こっちは
ひどく酔ってたし、いきなりのことで……気がつくと、病院のベッドでした。だから
まだ、いまひとつピンときてないんです」
彼女に対して、初めて真実を語ったような気がした。
「襲ってきたのは、若者なんですか」
「ええ。恰好《かっこう》や声からして、確かなんですが、それ以上は何も……。担当医の話だと、
傷は浅くて、縫った痕《あと》も残らないそうです。この病院は、繁華街に近いこともあって
か、よく同じような被害者が運ばれてくるらしくて、脳にダメージを受けて後遺症に
苦しんでる人もいると聞きましたから、まだ不幸中の幸いでしたよ」
するとと游子は、つねに相手を正面から見る彼女にしては意外な感じで、目を伏せた。
「……憎まれてるんでしょうね」

と、つぶやくように言う。言葉も、彼女の態度も、やや場違いなものに感じられ、

「どうしてです?」と訊《き》き返した。

游子は、自身の言葉を打ち消すように、顔を元のように起こして、

「すみません。被害にあった方のことを考えれば、軽々しいことは言えないのに」

「軽々しいということはないけど……なぜ、憎むのかなんて?」

彼女はすぐには答えようとしない。

浚介は、相手の職業に思いいたり、

「あなたが、罪を犯す子どもたちを、実際に見る機会があるからですか」

彼女の表情にかすかな変化があらわれた。

「被害者の方だけでなく、ご家族の人生も狂わせてしまう、むごい犯罪の結果を思えば、加害者の人権や生育環境を先に斟酌《しんしゃく》するのは間違っていると思います。ただ……仕事がら、問題行動に走る少年少女が、生まれつき暴力をふるう人間だったわけではないという、くわしい事情を見聞きすることが多いものですから」

浚介は、顔に包帯をした患者と、その娘の姿を思い出し、

「下手をすれば、大怪我だったわけだから、甘いことは言ってられないですけど……痛みはほとんどないし、実感が伴ってないからでしょうね。正直、憎むという感情は

湧《わ》いてきてないです。それより……同室の人が、やはり同じように襲われて、ご家族全員がひどい状況に陥ってます。むしろそっちの犯人のほうに、怒りをおぼえます」

游子がうなずいた。

「僭越《せんえつ》ですけど、わたしも犯人が早く逮捕されることを願っています。犯人はまだ気づいてないでしょうけど、被害者に謝罪し、償《つぐな》ってゆくことでしか、解消できない人生のゆがみを、彼らは抱えてしまったと思うんです」

口調は静かだが、彼女の信念なのだろう、内面での昂《たかぶ》りが言葉からも伝わってくる。

「加害者の若者たちは、たとえいまは逃げられたとしても、重荷を背負って生きてゆくことになります。グループの犯行なら、将来、仲間に脅されないかと、疑心暗鬼で暮らす可能性も出ます。そして、人を傷つけた過去は、心理的に当人の人生をゆがめてしまいます。まっすぐ生きているつもりでも、どこかで、ねじれてしまうんです。それは、将来持つであろう家族にも影響します。謝罪し、償い、被害者からの許しを得ること。そして、まだ生まれていない、わが子からの許しも得るような、深い償い方を選択しなければ、彼らは先々にわたって人生を苦しいものにしてしまいます」

彼女のその熱心な言葉や態度を、数日前なら、浚介は冷やかしたかもしれない。

だが、隣家の惨劇を目撃し、何もしなかったことを責められ、次には彼自身が襲われ、それ以上につらい被害にあった家族の姿も見て……一途《いちず》すぎて、滑稽《こっけい》かもしれない游子の姿勢が、〈信頼しうる慰め〉といったようなものに感じられた。

「……そんなふうに、いつも人のことを考えてるんですか」

浚介は訊いた。顔を上げた彼女に、

「どうしてそこまで、人のことに懸命になれるんです？　来ていただいて、こんなこと言うのも変だけど、いまの時間、仕事中でしょ。どこの誰が呼んだのかも、わからなかったはずですよ」

游子は、あいまいな笑みを浮かべ、

「病院から電話をいただいて、記憶を失っている患者さんが、わたしの職場と名前だけは思い出されたというものですから。知り合いか、もしかしたら、以前仕事で関わった誰かかもしれないと考えて、確認だけでもと思ったんです。むしろ自分のためです。放っておいて、自分が後悔したくなかったというほうが、正しいと思います」

食堂の入口のところから、浚介を呼ぶ声が聞こえた。病院の職員がこちらを見ている。背後に、制服警官と、私服姿の捜査員らしき人物の姿があった。

「それじゃあ、わたしはこれで」

游子が椅子から立った。

浚介も、慌《あわ》てて立ち上がり、

「あの、いま思ったんだけど、きっと、子どもたちも嬉《うれ》しいんでしょうね」

「何がでしょうか」

「補導されたり、困ったりしている子どもが、あなたを名指しで呼ぶことはないにしても……誰かが、自分のことを気にかけて駆けつけてくれるのは、やっぱり嬉しいものじゃないかなぁ。生徒が、芳沢亜衣が、あなたにだけといって話したこと……それが嘘《うそ》だとしても、あえてあなたに話した意味は、少しわかる気がします」

「……彼女、その後いかがですか」

「連休も明けて、今日から登校してると思います。あとで同僚に確認してみます」

「よろしくお願いします。しっかり見守ってあげてください。もし何か問題があれば、いつでもご連絡ください」

彼女は、バッグから児童相談センターの名刺を出し、裏の白紙部分にペンを走らせた。携帯電話の番号らしい。

「センターの時間外でも構いません。では、失礼します。どうかお大事になさってください」

游子が丁寧に会釈をした。

「ありがとう。あの……」

「はい？」

去りかけた彼女が振り返る。

浚介は、やや気恥ずかしかったが、

「やっぱり、ぼくは……巣藤ですかね。巣藤浚介なんですかね」

相手に訊《たず》ねるというより、自問に近かった。期待もあった。違う、などと言ってほしかったわけではないが、たとえば、ほほえみながらでも、どうでしょうかと冗談っぽく答えてもらえれば、少しは気持ちが楽になるような気がした。

しかし、彼女はいぶかしげに眉をひそめただけだった。

浚介は、顔の前で手を横に振り、

「ちょっとまだ普通じゃなくて……すみません。気になさらないでください」

彼女に見られていることが苦痛になり、顔をそらして椅子に腰を落とした。

ほどなく、游子がいた席に、警察官たちが座った。

【五月十六日（金）】

麻生家の人々の遺体が発見されて二週間、杉並署で深夜開かれた捜査会議は、鬱々《うつうつ》とした雰囲気のなかで最終検討に入っていた。

連日、夏を思わせる陽気がつづき、夜になってもあまり気温が下がらない。大会議室の窓はすべて開け放されているが、風がなく、捜査員たちの人いきれと煙草《たばこ》の煙で、室内には不快なもやが立ち込めているかのようだった。

集まった五十余名の捜査員の前には、警視庁捜査一課長、強行犯担当管理官、第二強行犯第四係長、杉並署署長、副署長、刑事課長ら、幹部たちがずらりと並んでいた。少し離れた部屋の隅には、東京地方検察庁刑事部、本部事件専門検事の藤崎もおり、みな一様に苛立《いらだ》ちのにじんだ表情を浮かべている。

事件発覚の五月三日以降、杉並署員および機動捜査隊、本庁一課の捜査員たちが、あらゆる可能性を求めて、念入りに捜査をおこなってきた。現場の遺留物が多いため、鑑識課員も総動員態勢で検証および照合を繰り返してきた。

その結果が、今回まとめの形で報告され、

「じゃあ、そろそろ最終意見を出そうか」

この場の座長的存在である警視庁捜査一課長の鐘本《かねもと》が口を開いた。彼は、検事の藤崎にも目で確認をとったあと、

「全員、いつもどおり挙手でよろしく。麻生達也の犯行であるとする者」

と、捜査員たちを見渡した。

事件が麻生達也の犯行、いわゆる無理心中であるとするなら、警視庁の捜査員たちは引き上げ、杉並署だけで裏付け捜査をおこなうことになる。無理心中といえども、あくまで被害者が三名も出た殺人事件であり、被疑者死亡事件という扱いで、検察庁に送られる書類も綿密に整えられなければならない。

捜査員全員が手を挙げたように見えた。

鐘本が、ざっと数えるふりをしたあと、うなずいた。

「じゃあ、反対の者は」

馬見原は、ひと呼吸間を置いてから、列の最後方で手を挙げた。前方の鐘本と視線がぶつかる。幹部たちも、馬見原の挙手に気づいて、あからさまに顔をしかめた。

「馬見原警部補、か」

鐘本がつぶやく。予期していたような、あきらめのにじんだ声だった。

捜査員たちのあいだでもため息が洩《も》れ、隣にいる椎村が不安そうにこちらを見た。

それらをすべて無視して、馬見原は手を挙げつづけた。

「反対者は一人かね」

鐘本が室内を見回す。べっこう縁の眼鏡を掛け、姿勢も悪く、定年目前の冴《さ》えない会社員といった印象だが、彼と馬見原は警察学校で同期だった。警部補のままの馬見原とは対照的に、彼は昇進試験に次々と合格し、叩《たた》き上げの頂点でもある本庁捜査一課長に昨年昇進した。ざわつく捜査員たちを、鐘本は咳払《せきばら》いひとつで静かにさせ、

「馬見原警部補、麻生達也の犯行という考えに反対ということは、外部にホシがいるということになるが、そうかね」と訊《き》いた。

「結論を出すまで、もう少し時間をかけるべきだと、自分は思います」

馬見原は、椅子《いす》に腰掛けたままで答えた。

鐘本が机の上で両手を組む。

「物証も情況も、すべて麻生達也の犯行であることを示しているように思うんだがね」

「まだ足りません」

馬見原は譲らなかった。

麻生家の四人の死亡時間は、解剖の結果、順番は不明だが、全員が四月二十七日の夜十時から翌日の午前三時頃と推定された。

四十四歳の戸主、陽一の死因は、首を絞められたことによる窒息死。肩と、二の腕、胸部に残された浅い切り傷は、現場に残されたノコギリによるものと断定された。傷には、生活反応が見られた。つまり、生きているあいだに切られたことになる。

彼の妻、辻子《つじこ》の死因は、同じく首を絞められたことによる窒息死。彼女も、肩と腕にノコギリによる傷を受けており、やはり生活反応が見られた。

七十二歳になる達也の祖父慎太郎の死因は、急性の心不全と見られた。

達也の死因は、頸動脈《けいどうみゃく》切断による失血死。創口《そうこう》および切断部の組織破壊の状態が、彼の手に握られていたカッターの刃と一致した。ほかに外傷はなかった。

回収されたノコギリ、およびカッターから採取された、血のついた顕在指紋、通常の潜在指紋のどちらも、達也のものと一致した。

バスルームに残された下着とパジャマからは、達也の両親の血液が確認された。汗などの分泌物《ぶんぴつぶつ》から、それらも達也のものと推定されている。

達也の部屋にあったノートの筆跡は、字のふるえが激しいため、正確な鑑定結果は出なかった。ただし、達也の字に似ているという参考意見が提出されている。凶器のノコギリは、達也の通っていた中学校で、技術の授業に使われているものだった。被害者の首に残されたスカーフ、また被害者の手足を縛るのに使われていたネクタイは、すべて同家のものと確認がとれている。

麻生家の各部屋の窓には、内側から鍵《かぎ》が掛かっていた。発見者の巣藤浚介が壊した勝手口の鍵に関しても、彼が開ける以前に細工がほどこされた痕跡《こんせき》はなかった。同家の現金、預貯金の通帳、証券の類《たぐい》は、手つかずのままで見つかった。貴金属類も、鏡台の引出しのなかに残されていた。

「足りないとは、何が足りないのかね」

鐘本が言う。ほかの幹部たちのように、苛立ちを表にあらわすこともなく、

「物証はそろってる。情況も十分だ。動機に関しては、きみ自身、実際に聞き込みに回り、達也の家庭内における暴力の実態をつかんできたんだろ。全体の捜査報告からも、達也の鬱屈した家庭内での様子が浮かび上がってきてる」

達也の父陽一は、業界中堅の電機メーカーで、コンピューター部品を低コストで製造ラインに配給する仕事をしていた。誠実な努力型の人物で、四年前に係長に昇進した。息子の達也について、トンビが鷹《たか》を生んだと、社内で自慢話を聞かされた者は少

なくない。達也が有名私立中学に合格したときには、部下全員に酒をおごっている。融通のきかない面はあったが、温厚な性格で、周囲の評判はおおむね良かった。

しかし、昨年の夏頃から、彼の表情が暗くなり、家に帰るのがつらそうに見えたと、多くの同僚が証言した。自宅からの電話で何度か早退することもあったという。

四月二十六日から五月五日まで、会社はゴールデンウィークに合わせて連休に入り、同僚が彼を最後に見たのは、四月二十五日の夕方六時過ぎだった。

達也の母辻子は、長野県出身で、性格はおとなしく、やや人見知りをするタイプだったという。彼女は、高校卒業後に上京し、東京の短大を卒業して大型家電販売店に就職した。職場の同僚の紹介で、麻生陽一と知り合い、結婚にいたった。

達也の祖父慎太郎は、戦争をはさんで何度か職を変えながら、最後は食品会社の役員を務め、六年前に退社した。彼の妻は、その翌年に亡《な》くなっている。妻を亡くしてからは、あまり外出もしなくなったようで、ときおり散歩に出るほかは、自室でテレビなどを楽しんでいたらしい。

近所の人々によれば、昨年の夏頃までは、麻生家は周囲と何ら変わらない、ごく一般的な家庭と見られていた。ところが、昨年秋頃から達也が学校に行っていないと噂《うわさ》が立ち、昨年暮れには彼が家で暴れているという話も出はじめた。今年の初め頃からは実際に、少年の叫び声や女性の悲鳴、ガラスの割れる音などが聞こえてきたという。ただし、このことについて麻生家から近所にどんな説明もなく、近所の人々もわざわざ麻生家を訪ねることまではしていなかった。

麻生家の人、ことに辻子が、公的な相談機関を訪ねたり電話をしたりした形跡は、わずかではあるが残されている。しかし特定の機関が介入するにはいたっていない。麻生家側が、他人を家のなかに入れるのを嫌う傾向があったようだ。

辻子の短大時代の友人が、今年の二月、辻子から電話があり、子どもの不登校について相談を受けていた。彼女の夫が教師と知って掛けてきたようだが、辻子は息子の様子をくわしく話したがらず、それもあって何も有効なアドバイスはできなかったという。

近所のガラス店は、昨年の十月から今年の四月八日まで、都合六回、一階リビングと二階の子ども部屋の窓ガラスを入れ換えたことを証言した。あまりにたびたびなので変だとは思ったが、客のプライバシーを尊重するという店側の方針で、店員も事情は訊いていない。

「馬見原警部補、これだけ材料がそろっていながら、きみがなお反対する根拠は何かね」

鐘本が訊く。

「根拠なんてありません。あれば、もっと多くの手がこっちに挙がったでしょう」

馬見原はわざとぶっきらぼうに答えた。

「じゃあ、馬見原君……か。いったいどういうつもりで手を挙げたの?」

鐘本の隣にいる管理官が口をはさんだ。

馬見原は、昇任したばかりの管理官ではなく、あえて鐘本に目を向けたまま、

「外部の犯行か、内部のものか、もう少し両面の可能性を視野に入れ、捜査をつづけてもいいと思っただけです。麻生家の人々がそれぞれ抱えていたであろう葛藤《かっとう》に、もう少し踏み込んでみないことには、今回のことを家庭内暴力の発展した形とするのは、早計ではないでしょうか。達也が、家庭内で暴力をふるっていたことは間違いないでしょう。が、それだけで、今回の犯行がおこなえたかどうかは疑いが残ります」

鐘本の次に、検事の藤崎も視野に入れた。旧知の両者を交互に見て、言葉をつづける。

「先に誰かが報告したように、不登校児童は、小中学校を合わせて現在すでに十万人とも、二十万人とも言われています。家で暴力をふるっている子どもも、悲しい現実ですが、かなりの数にのぼるでしょう。だからといって、各家庭で、実際に大きな事

件に発展することは、とても稀《まれ》です。麻生達也は孤立していたということでしたが、それも彼固有の問題ではないでしょう」

達也は、小学校の低学年から四年生くらいまでは、友人も多く、クラスではしゃいでいた姿を覚えられている。しかし、五年生の後半からクラスメートと離れ、静かに考え込む姿が、何人かの目にとまっていた。いじめが原因だったという話もあるが、確認はとれていない。六年生からは中学受験に没頭し、友人とのつきあいがさらに減った。中学校では、一人の友人も作れなかったようだ。

「きみの指摘する問題点は、つまりは動機かね」

鐘本が言う。

「問題点は、その行為のすべてですよ」

相手の反応の鈍さに焦《じ》れて、馬見原はついに椅子から立った。

「各捜査員の報告から、幾つか疑問が生じながら、なお解決されていないことがあります。たとえば……凶行現場となった寝室のドアは、もともと鍵の掛かる造りだった。なのに事件の一ヵ月前、近所の鍵屋が呼ばれ、鍵が外されている。鍵屋に対し辻子はその理由は語っていないようですが、もし彼らが寝るときに寝室のドアに鍵を掛けていれば、今回の凶行は防げたかもしれない。また達也は、犯行後、どうして風呂場《ふろば》で

着ていたものを全部脱ぎ、裸になる必要があったのか……。自殺をするわけですから
ね、そのあと。現実問題として、寒いでしょう」
捜査員たちのあいだに小さな笑いが起きた。馬見原は、彼らに顔を向け、
「いや、実際寒いよ。あの日は雨が降っていた。データもある。春先に戻ったような
気温だった。なのに裸になり、二階まで上がってから、自殺をしたという。合理的と
はとても言えない」
「そんなのはこじつけだよっ」
杉並署の副署長が声を上げた。自分の部下が本庁の幹部をわずらわせている姿に、
先々の出世も睨《にら》んで、平静でいられなくなったのかもしれない。
「達也の裸がなんだって。寒いだ？　人を三人も殺したんだ。逆に暑かったくらいじ
ゃないのかね。なにより凶行の跡を洗い流したかったんだろう。清潔な身で死のうと
したと、そう考えるほうが、よほど心理的に納得できるよ。どうかね？」
副署長は、同意を求めるように周囲を見渡した。捜査員たちの多く、ことに部下で
ある杉並署員のほとんどがうなずいた。力づけられてか、彼は胸を張り、
「あとは、鍵か？　外したのは被害者自身だし、べつに達也の犯行説に矛盾はないじ
ゃないか。だいたい外部に犯人がいたとしたら、動機はなんだ。金も、貴金属も盗ま

れていない。通り魔があんな手のこんだ殺し方をするわけがない。残るは、怨恨《えんこん》だな。なるほど、よほど強い恨みを抱いていなきゃ、あんなむごい殺しはできるものじゃない。だが、そんな人物も事情も浮かんでいない。唯一《ゆいいつ》浮かんできたのが、達也だろ」

「だからこそ、もう少し捜査をつづけるべきだと申し上げてるんです」

　馬見原は反論した。「本当に家族の誰も恨まれるようなことがなかったのか。こちらが善意であっても悪くとられることはあるでしょう」

　副署長が、自分の前の机を叩いた。

「そりゃあるだろうさ。どんな善人も、何かの拍子で、殺されかねないほどの恨みを買うことはあるだろう。だが、こんな殺され方はしない。生きてる人間のからだをノコギリで引くなんて……なんのためだ。拷問《ごうもん》みたいなことをして、どういう気だ」

「何かを、求めていたのかもしれません」

「求めてた？」

「拷問というのは、或《あ》ることについての答えとか、宗教や思想の転向を求めるのに用いられるものでしょう。現場では、被害者の口につめられていたと思われる同家所有の布巾《ふきん》が、それぞれの足もとに落ちていました。つまり傷つけているあいだは、その布巾で悲鳴を消し、殺す直前に、布巾を口から取って、答えを求めたとは考えられんでしょうか」

副署長は、おかしくもなさそうに笑い、

「あの家が、どんな特別な思想や宗教を持ってたというんだね」

「わかりませんが、意外に平凡な答えが求められたのかもしれません。平凡だが奥の深い、すぐには答えが出せないような……」

「わけのわからんことを。ともかく、外部の犯行には無理があり過ぎるんだよ」

副署長は腕を組んでそっぽを向いた。

馬見原は、あらためて鐘本に向かい、

「ノコギリも気になります。法医学教室では遺体をノコギリで引き、傷口の検証がおこなわれましたが、生きている豚でも試みています」

鐘本がうなずいた。

「むろん報告は聞いてる」

「実際にノコギリを引いた助手によると、生きた動物をノコギリで引くのは、力が必要と同時に、なにより気が萎《な》え、精神的に不可能だったと語っています。はたして子どもが、親にそんな真似《まね》ができるでしょうか」

「そいつは誰もが思ってることだよ」

鐘本がため息をついた。彼は、さとすような目で馬見原を見返し、

「実の子が、親に対しあんな真似をしたなどとは、誰もが信じたくない。だが冷静に考えれば、実の子だからこそ、できたのかもしれない。肉親だからこそ、憎しみも、他人では計り知れないほどつのって、はじめて可能になった犯行ではないのかね……。これほど特異なものでなくとも、毎日のように、日本のどこかで家族内の悲惨な事件が起きている。ひと頃は虐待《ぎゃくたい》も外国だけの問題だと言われたもんだよ。わたし自身、家族や親戚《しんせき》の前ではいまでも、家族はいいものだ、家族は素晴らしいと口にする。しかし、警察の現場ではそんなことを言ってられる状況にはない。違うかね？ 外部の犯行を疑わせる物証も情況もないなかで、なおそれを唱えることは、むしろ……」

鐘本がつづく言葉を言いよどんだ。

すると、隅の席にいた検事の藤崎が咳払《せきばら》いをして、

「感傷と言えますね」

と、さめた声でつぶやいた。

馬見原は彼を睨みつけた。

「もう一度、言ってもらおうか」

「いい加減にしたまえ。わざわざ検察庁から来ていただいてるんだよ」

管理官が、たしなめるように言って、代わって謝るように藤崎に会釈《えしゃく》をする。

周囲の雰囲気が険悪になった。それを察してか、

「ウマさんよ」

鐘本が急にくだけた口調で語りかけてきた。「おれも今回の事件には、心底いやな想《おも》いをしてる。十七と十三の息子がいるしな。感傷がまったく混じらないかと言えば、そう努めていると答えるほかはない」

馬見原は彼のほうに向き直った。

「感傷で言ってるわけじゃない」

「じゃあ何だい」

「……そういうものなんだ、親と子は」

周囲でかすかに失笑が起きた。

鐘本は、さすがに笑いも怒りもせず、

「ひとつの意見として聞いておこう」と答えた。

なお彼を説得しようとしたが、杉並署署長の韮屋《にらや》が手を横に振り、

「もういいでしょう。充分です」

と、馬見原に座るよう目でうながした。

馬見原は、迷ったが、鐘本も深くうなずいたため、従わざるを得なかった。

幹部たちの協議はごく簡単に終わった。

鐘本が、あらためて捜査員を見渡し、結論を下した。

「本件を麻生達也の犯行とみなす。被疑者死亡事件として、杉並署員がひきつづき捜査をおこなう。資料をしっかりとそろえ、検察からもほめていただける穴のない書類に仕上げてもらいたい。以上、皆さんご苦労さんでした」

捜査員たちが、それぞれ肩の力を抜き、小さく吐息をついた。

「なお、被害者の殺害方法についてだが、絞殺《こうさつ》という以外は、他言無用だ。顔見知りの記者にも、絶対洩《も》らすなよ。解剖の先生方には強く頼んであるが、今回のことが面白おかしく報道されることは好ましくない。というより、許せん。死者の尊厳を守ることが第一だ。模倣者の危険もある。ノコギリのノの字でもマスコミに出たら、誰から洩れたか徹底的に調査するぞ。厳しく言っておく、いいなっ」

鐘本は、飄々《ひょうひょう》とした外見には合わない太い声で、捜査員たちに言い渡した。

幹部たちが立ち、検事の藤崎も加わって、部屋を出てゆく。本庁の捜査員たちがそれにつづいた。杉並署員も少しずつ解散し、十分後には、椎村が片づけに残ったほかは、馬見原以外の全員が去った。

やがて片づけを終えた椎村が、彼のすぐ脇《わき》に立って、

「警部補……あの、電気、消しますけど」と、声をかけてきた。

「勝手に消せ」

「……自分も、もう少し外部犯の線を追ってもいいとは思いますが、あれだけ証拠がそろうと……警察として、新たな事件に対応する態勢をとる必要もありますし」

馬見原は椅子《いす》から立った。

椎村は、気をつけの姿勢をとり、

「すみませんでした」

殴られるとでも思ったのか、目を閉じた。

「どけ」

彼を押しのけ、会議室を出た。階段を使って一階へ降りる。署長室の前へ進むと、部屋のドアが薄く開いており、なかに署長のほか、鐘本、管理官、副署長らがいた。しかし目当ての人物の姿はない。

馬見原は裏口から建物の外へ出た。署の裏手にある駐車場で、ちょうど黒い乗用車に乗り込むところだった相手を認めた。

駐車場の出入口に進み、こちらに走ってくる車の前にからだをさらす。急ブレーキ

が踏まれ、車が停まった。

「どいてくれませんか」

検事の藤崎が窓から顔を出した。馬見原より十歳年下で、髪をしっかり後ろに撫《な》でつけ、スーツも品のよいものを選ぶなど、外見に気をつかっている。初めて会った頃は、表情の端々に甘さが見えたが、凶悪事件を次々と担当するうちに、頬がそげ、いまは目にも厳しさが感じられる。

「検察側から、外部犯の線をもう少しつぶしておくように、押してもらえないか」

馬見原は言った。

藤崎は、周囲に誰もいないのを確認してから、困惑気味に顔をしかめた。

「無理ですよ。馬見原さんだって、冷静に考えればわかるでしょう」

「なぜ、みんな、そうやすやすと信じる」

「……なんのことです」

「子どもの犯行だとさ。鐘本までが、結局はこの程度で信じちまう」

「通常の事件で、あれだけの物証と情況がそろってたら、馬見原さんは令状が出る前に引っ張ってきてるでしょう」

「この事件は通常じゃない」

「犯行の方法は、確かに常軌を逸《いっ》してる。しかし、子どもが親を殺す点については、残念だが、近頃では珍しくなくなりました」

「あり得んのだよ、こんなことはっ」

馬見原はつい感情にまかせて吐き捨てた。

藤崎が顔をそむけた。少し間を置いて、首を横に振り、

「検察当局では、家族間暴力について、これまであまりにも見逃し過ぎたんじゃないかと、反省の声が挙がってます。児童虐待の報告がどんどん増えてるのはご存じのとおりです。防止法の施行後は、ことに異常なほどだ。以前は、児童虐待はただの継子《ままこ》いじめ程度に、うちでは思われてたもんです。ドメスティック・バイオレンスの問題は、もっと無視されてた。警官や検察官のなかにも、女房を殴る者が少なくなかったし、これはいまも実数はかなりのものでしょう……。確かに、家族のなかでの虐待や暴力はいやなものです。できれば見たくない、知りたくない。しかし、あってほしくないと願うあまりに、現実に起きてることを直視しないのは、いわばエゴでしょう」

「おれがエゴで言ってると思うのか」

「失礼ですが、わたしにはそう思えますね」

馬見原は、彼に息がかかるほどつめ寄り、

「昨日今日、刑事《デカ》になったわけじゃない。家族間の暴力なんぞ飽きるほど見てきた。子どもを半殺しにした親、女房に火をつけた男、そういうのを幾ら挙げても、民事だからと、起訴もせず、逃がしてたのは検察だろう」

「検察だけの問題じゃない。裁判所が以前は、家族内の暴力に対する認識が甘かったんです。勝てない事件は、見送るのも仕方なかった」

「知り合いの子どもは、父親に頭の骨を折られた。おれは管轄《かんかつ》じゃないから、地域署に働きかけた。担当の係長は笑って、実の父親がそんなことはしませんよと、書類にもしなかった。なのに今回は、実の子はやりますよ、とくる」

「個人的には以前から、家族間の暴力のほうがひどい場合があると認めてましたよ」

「机の上の検討が何になる。おれは現場で何件も扱ったんだ。家族間の暴力というのは、もっと突発的なものだ。感情にまかせた行為だから、どうしたって衝動的なんだよ。今回はどうだ、異常なほど計画性がある」

「かつて、家族の殺害計画をノートに書きとめて、実際に肉親を殺した少年がいました。人が死ぬのを見たいと言う子や、自分の成長のために人殺しの経験をしたかったと語った子もいる……。いまはね馬見原さん、戦争が起きたら、ぜひ行ってみたいと目を輝かす子どもまでいるんですよ。よく言われる死への想像力不足を問題にする前に、いまの暮らしのなかに、彼らを凶行へと駆りたてる要素が潜んでいるのかもしれないと考えたほうがいい状況です。子どものストレスがますます膨らみつつある現代で、たまった鬱屈《うっくつ》が暴発するとき……それがどんな形で表面化するのか、誰も予想はつきませんよ」

「藤崎、人間を難しく考えるな。時代が変わっても、人間はさほど変わりはしない」

「馬見原さんこそ楽観的過ぎますね。空気も水も悪くなり、食習慣も変わってます。若い世代の食生活の乱れをご存じですか。明らかに、人間は昔とは違ってきてますよ。わけのわからん犯罪が増えてるのは事実でしょ」

「いや。どんな時代だろうと、子どもは親に、あんな真似はしない。できないんだ」

「……頑迷《がんめい》と言ったほうがいいな」

藤崎があきらめたようにつぶやいた。

「きみも家族がいるだろ。自分の子どもが、あんなことをやると思うのか」

馬見原は食い下がった。

「暴論ですよ」

「きみの家庭はそれほど麻生家と差があるのか。きみの家族は決して孤立していないか。多少近所と会話があったとしても、内面的にはどうだ。家族の恥をさらせる友人がどれだけいる？　麻生家は、藤崎家でもある。あれほど悲惨な事件を起こす資質のようなものが、麻生家にあったのなら、きみの家庭にもあるはずだ。きみたちにないのなら、麻生家にも、そんな資質はなかった」

藤崎が、疲れたようにシートに深く背中を預けた。

「馬見原さん。あなたはいまも、息子さんのことを引きずっておいでですね」

「なんだと……」

「あなたは、ご自分で、わが子を死に追いやったのではないかと思われている」

馬見原は、運転席に手を伸ばし、相手の胸ぐらをつかんだ。

だが、彼は臆《おく》する様子もなく、

「わが子を死に追いやったのではないか……その考えが、馬見原さんを変えてきました。わたしがお世話になった本庁勤めの頃と、本当に変わられた。仕事は片手間にやるだけ、犯罪を追うことに飽き飽きしておられる様子だった。それが今回、急に熱くなられた。驚くほどの熱の入れようだ。なぜか……子どもの犯行だと思いたくないからでしょう？　実の子が、あんなやり方で親に復讐《ふくしゅう》するのを信じたくない想いが、馬見原さんを熱くさせてる。つまり、馬見原さんの息子さんも、父親に復讐するように死を選んだのではなく、あくまで事故死だと思いたいから……」

「それ以上くだらんことを言うなっ」

馬見原は拳《こぶし》を構えた。相手の表情に変化はない。殴る代わりに、胸ぐらを突き放した。

藤崎は、静かにスーツの乱れを直し、

「ともかく、被疑者死亡事件という方針に、検察は同意してますから」

と告げ、アクセルを柔らかく踏み込んだ。

もう言葉はなく、脇によけるほかなかった。そのまま惰性のように外へ出る。タクシーを拾える場所まで歩き、自宅に電話した。たぶん起きているだろうと思ったが、案の定、すぐに出た。

「テレビで映画を見てたの、おかしくって」

佐和子が明るい声で言う。

薬を飲んだかと訊《き》く。ちゃんと飲んだし、記録もつけたと、彼女は答えた。

「真弓も毎日かかさず電話をくれて、薬を飲んだかって、うるさいの。あと、今日ね、お義母《かあ》さんを訪ねてみたのよ」

「そうか……どうしてた」

「お元気そうだった。よく食べるし、トイレにも自分で行かれてるの。本当はもう家に帰っていただいて、わたしがお世話すべきだと思うんだけど……」

　母を引き取りたい想いは、馬見原にもずっとある。だが、仕事をしている身では、介護はやはり佐和子に頼る形になってしまう。

「気にするな。おまえは、まず自分のことを考えればいいんだ」

「わたしより、あなたはどうなの。今日もまた朝になりそう？」

　一時間ほどで帰ると答えた。

　タクシーを止め、自宅に向かう。だが、このまま帰って、佐和子から母親の様子を聞くことが、気の重い、つらいものに感じられた。行き先の変更を運転手に伝えた。

　赤羽の、古ぼけた公営団地の近くで、車を降りた。冬島母子《おやこ》と別れて、まだ三週間足らずなのに、ずいぶん久しぶりに感じる。暗い街灯に照らされたなかを、彼女たちが暮らす棟まで、ゆっくり歩いた。ツツジはもうほとんど花を落としていた。

　裏庭へ回って、四階の綾女たちが暮らす部屋を見上げた。窓に小さな明かりが灯《とも》っている。研司が暗闇《くらやみ》を恐れるためだ。

　研司が幼い頃、彼の父親は、綾女が働きに出ていたあいだに、研司を叩《たた》いて押入れに入れ、つっかえ棒をして、遊びに出た。綾女が帰ってくるまで、研司は暗闇のなかで恐怖に耐えるしかなかった。

家族間の暴力のほうが、激しく陰惨なことが多いというのは、わざわざ言われなくてもわかっている。

四階の部屋の窓に、影が映る。とっさにハナミズキの木の陰に隠れた。窓が開き、綾女が顔をのぞかせた。下ろした髪が風に吹かれ、頰のあたりで揺れている。

何かの気配を察したのか、綾女はしばらく外に人を捜す様子だった。馬見原のいる場所は、彼女からは死角になるはずだ。部屋のなかで研司が声を発したのだろう、綾女は背後を振り返り、もう一度想《おも》いのこもった目を外に投げて、窓を閉めた。

馬見原はハナミズキの陰を出た。川のある方角から霧が流れてくる。想いを断つように、顔を強く手のひらでぬぐい、窓の下を離れた。

【五月二十四日（土）】


笑い声が古い天井に響き、こもった音で跳ね返ってくる。

佐和子のほかに、六人の男女が馬見原家の居間に集まり、座卓を囲んで、午後の紅茶を楽しんでいた。

「でも、馬見原さん、本当にお元気そう。一段ときれいになられて、羨《うらや》ましい」

ほぼ正面に座った、四十代の、猫背気味の女性が言う。かつて佐和子は、彼女と同じ病室だった。

佐和子は、とんでもないと手を横に振り、

「ほとんど何もしてないのよ」

「でも、わたしたちより若く見えますよ」

三十代前半の女性看護師が言った。彼女はふだん着で、佐和子と同室だった女性の左隣に座っている。

「本当におきれいです……」

佐和子のすぐ右隣にいる、二十代の小柄な娘がうなずいた。彼女が将来結婚するときには、佐和子が夫と仲人《なこうど》をする約束をしている。

「ありがとう。あなたもきれいよ。ねえ？」

佐和子は、その娘との結婚を望んでいる、左隣の青年を振り向いた。

彼が照れて頬を赤くしたため、一同が笑った。

「生活は、じゃあ全然変わりなくですか？」

その青年と、佐和子と同室だった女性のあいだに座った、男性ケースワーカーが訊《き》く。佐和子は、彼に紅茶のおかわりを勧め、

「いいえ、変わりは大《おお》あり。ずいぶん、だらしなくなっちゃった」

座卓を囲んでいる一同がまた笑った。

男性ケースワーカーのやや後方には、少し距離をとった形で、三十代の太った男性が座っている。佐和子は、彼のほうを見て、

「病院のスケジュールなんて、ずっと息苦しいと思ってたの。あなたもでしょ？」

男性は、ケースワーカーや、彼の斜め前にいる看護師を気にしてだろう、大きいからだを縮めるように肩をすくめてうなずいた。

「みんなのためなのにぃ」

看護師が頰をふくらませる。

「それは、やっぱりそうなのよ」

佐和子は看護師に同意した。現在まだ入院中の四人の男女を見回して、

「退院してみると、スケジュールが決まってるのって、楽だったことがわかるの。朝起きたときから、やることが決まってるでしょ。いまは、さあ何を一番にしようかって迷って、迷ってるうちに時間が経《た》ってるの」

「病気の前は、違ってましたか？」

左隣の青年が訊く。

「前は、しぜんと身についた生活のリズムで動いてたんだと思う。それが病気で崩れたわけでしょ。ゼロから生活の時間割を身につけなきゃいけないって感じ」

「スケジュール表を作って、台所やトイレに貼《は》っておいたらどうでしょう」

元同室の女性が言う。

「計画表は書いたの。でも、実際の生活って、まず計画通りにはゆかないのね。夫の都合もあるし、雨と晴れとではやるべきことが変わるでしょ。二日も雨がつづくと、かえって計画表があることが苦痛になるくらい」

「ああ、ぼくだったらパニックだ……」

太った男性がつぶやく。

「だから、まじめはやめて、できることだけを、とりあえずやることにしたの」

「それでご主人、文句はおっしゃらない？　うちだったら、もうきっと……」

同室だった女性が顔を伏せた。彼女の顔にはひどい火傷《やけど》あとがある。隣の看護師が、優しく彼女の背中を撫《な》でた。

「文句なんか言わせないわよ」

佐和子はわざとすました表情で言い放った。

「おー、強いですねえ」

ケースワーカーが感心したように言う。

「妙な劣等感を持っちゃうと、つらくなるだけだから。それで一度、失敗したもの。うまくやろうとして病気になったんなら、試しにいい加減にやってやろうって」

「わたしたちも、ふだんはいい加減ですよ。寮の部屋なんて、めっちゃくちゃ。馬見原さんのお宅のほうが、断然きれいです」

看護師が部屋を見回す。

「見えるところだけ掃除機をかけたの。いい？　ほかの部屋は絶対のぞかないでよ」

佐和子は、相手の動きを制するように、手で合図した。一同がそれでまた笑った。

「ですよね。自分で、自分を追い込んじゃうんですよね……」

右隣の娘が、か細い声で言った。

「ぼくは……周りから、せっつかれてだよ」

太った男性がため息をつく。彼は、汗をハンカチでしきりにぬぐい、

「みんな、時間、時間ってうるさく言うから。食べるのが遅いだけで、店の人はいやな顔をするし。黄色信号でも、車はばんばん飛ばす。こっちは、鈍いからって大事な仕事も外されて。時間、時間、時間」

「ほらほら、落ち着いて」

ケースワーカーが彼の膝《ひざ》を軽く叩《たた》いた。

「でも、本当。みんな知らないうちに、少しずつ焦《あせ》ったり、焦らせたりしてるから、気をつけないと」

佐和子は、ほほえんで、集まってくれた男女を順番に見た。

彼女は退院する前から、入院患者たちに自分の家へ遊びにきてもらえないかと、病院側に打診していた。将来的には、小規模の支援ホームを作りたいと願っている。外出許可の出た患者に、遠足感覚で家に来てもらえれば、それが社会復帰への一歩にもなるのではと、退院後も病院側と話していた。今日初めて、看護師やケースワーカー

たちの好意もあり、試験的にそれがかなった。

「みんな、意味もなく早いのが好きなんだ。九秒八〇か七八かで、世界中が大騒ぎさ」

太った男性が疲れた表情でつぶやく。

「騒がれるほど、わたしたちに関係ないのは、本当ですよね」

元同室の女性が自信なさそうに言った。

「限界を超えた人は、ほめられるべきだと、ぼくは思うな」

青年が言い返した。彼は、飲みかけていた紅茶を、ふるえる手で座卓に置いて、

「頑張っても、それを認めない人がいる。ぼくの父親もそうだったけど……頑張った人に失礼だよ。コンマ一秒の差に、貧困や差別から抜け出すチャンスを夢見ている人もいるわけだから」

「それはそうだね。でも一方で遅い人は、どうしてほめられないんだろ」

ケースワーカーの男性が言う。

「あの……いいですか」

佐和子の右隣の娘が、発言を求めるように手を挙げて、「差別や、貧困から抜け出せた人は、偉いと思います。けど……もともとの差別とか、貧困がないほうが、もっ

といいと思うんです。あの、間違ってますか」

「いいえ、つづけて」

佐和子は先をうながした。

「だから、記録を作った人とか、いっぱい点を取った人とかを、スターにして騒ぐのは……結果的に、差別や貧困を、根強いものにしてはいないでしょうか」

「どうしてさ」

彼女との結婚を夢見る青年が、不満そうな声を発した。「成功した人は、差別をなくすための発言をしてるし、寄付もしてる。だいたい成功した人を認めないなら、誰も死ぬほどは頑張らないよ」

「頑張らないと、差別から抜け出せないほうが、おかしくない？　だから、もしかしたらスターの人が、目くらましになってるのかなぁって……差別や貧困が必要な人たちがいて、その人たちのために、スターさんが利用されてるのかもしれないって」

「いいよ、もう。言いたいことはわかった」

「どうわかってるの。いつもそうやって、人の話をさえぎるんだから……」

娘が急に涙ぐんだ。

「そっちは、すぐ涙だ」

青年が神経質に髪をかきむしる。

「また始めちゃったの？」

佐和子は、両隣の男女の顔を、交互にのぞき込んだ。

「せっかく来てくれたのに、喧嘩《けんか》はつらいなあ。意見の違いは許し合おうよ？　ほかはどうでも、わたしたちのあいだでは、そうしていこう。ね」

二人の手を握りしめ、仲直りの握手をさせた。

約二時間ほど、この小さな集まりを楽しんだあと、佐和子は一同を駅まで送った。四人の患者たちは、また来たい、ほかの仲間もぜひ誘いたいと言って、彼女を喜ばせた。病院から付き添ってきた二人も、院長や事務局長らに、よい報告ができるし、今後もつづけられたら嬉《うれ》しいと言ってくれた。

佐和子は、晴々とした心持ちで、彼らが駅のなかへ消えてゆくのを見送った。そのあとスーパーで夕食の買い物をし、少し遠回りをして、公園のなかを通って帰った。

退院が近づいた頃から、生活の自己管理トレーニングをおこなってきた。当初は、自己管理など無理と思っていたが、自己管理とは生活を積極的に楽しむことだと看護師長から言われ、考えが徐々に変わった。

院内のリハビリ棟でからだを動かし、陶器作りに挑戦し、大広間で患者仲間とカラオケで歌う……服も、赤やピンクなど派手なものを試し、髪も染めた。最初は恐る恐るだったが、次第に自分のなかに活力がこみ上げてくるのを感じた。

考えてみれば、結婚するまでは、両親の意向と、実家の習慣とに合わせて行動してきた。結婚後は、夫に合わせて生活し、彼女が自分から何かを計画して行動をすることは、ほとんどないに等しかった。

むろん現在も、夫の意向は気になる。彼女は新しい生活のスタイルを学んだが、夫は以前どおりの暮らし方を変えず、彼女にも以前の彼女のままであることを、言葉にこそしないが、暗黙のうちに求めている。

家には家の、昔ながらの習慣があり、うっかりしていると、またそれに呑《の》み込まれそうだと感じることがあった。彼女はいま、家と戦っているように思うこともある。

自宅へ通じる道に入ったとき、聞き慣れた犬の鳴き声が聞こえた。隣のタローだと、声でわかる。たぶん夫が帰宅したのだろう。彼女の退院直後に起きた大きな事件は、とりあえず解決したと聞いた。後始末のために、外回りがなおつづくらしいが、帰宅時間はもうさほど遅くない。土曜日だし、早めに帰ってきたのかもしれなかった。佐和子は足を早めた。

家の前には、見たことのない背の高い男が立っていた。犬に吠《ほ》えられても少しも動ぜず、馬見原家のほうを見つめている。

「あの、何か……」

佐和子は、離れたところから声をかけた。

男が、ゆったりとした動作で、振り返った。年は四十前後だろうか、細長い顔に、銀縁の眼鏡を掛けて、濃いグレーのサマースーツを着ている。一見すると、金融関係にでも勤めていそうな知的な雰囲気だった。だが、目が大き過ぎるというか、眼球がわずかに前に出ており、印象としては爬虫類《はちゅうるい》を思い出させる。

彼は、家をもう一度振り返ってから、

「馬見原さんの、奥さんですか」

陰にこもった暗い声だった。

「どちらさまでしょう」と問い返した。

男が、喉《のど》の奥でくすくすと笑ったような、妙な息づかいをして、

「退院、なさったんですね」

佐和子は困惑した。もしかして夫の同僚だろうか。

男が、家のほうにまた向き直って、

「いいお家《うち》ですね。まさに日本的な感じだ。古いのでしょう。伝統という言葉を思い

出しますよ。しかし……あちこち傷《いた》みも出ているようだ。少し傾きかけてもいる。用心しないと、意外にあっさり崩れてしまいかねませんよ」

「いったいどういう方。どんな御用です」

佐和子は不安をおぼえて、語気を強めた。

「犬が鳴きやみましたね」

男が言った。隣家の犬は、佐和子を確認したことで安心したのか、鳴くのをやめ、鉄柵《てつさく》越しに尻尾《しっぽ》を振っている。

「わたくしは、以前あなたのご主人にお世話になった者で、油井《ゆい》と言います」

彼は、眼鏡を外して、ハンカチでゆっくりとレンズを拭《ふ》いた。眼鏡をとった目で、佐和子をじっと見据《みす》えるようにして、

「大変お世話になったものですから、しっかりと、本当に念入りに、お礼しなければと思っているのです。しかし、どういったことが最も喜んでいただけるのかわからなくて、少し迷ってるんです。奥さん、ひとつお教え願えませんか」

「……何をですか」

佐和子はここから逃げだしたくて仕方なかった。

「お宅で、最も大切になさっているものですよ」

男が眼鏡を掛け直す。「わたくしはね、家族が最も大切だったんです。その家族を、あなたのご主人に、壊されました。ですから、そのお礼を、近いうちに必ずしたいと考えています。ご主人に、確かにそうお伝えください」

男は、佐和子に視線を残したまま、軽く会釈《えしやく》をした。彼女自身の感情の振幅が影響しているのか、男はまるで通常の時の流れとは別に生きているかのように、靴音もたてずに遠ざかっていった。

佐和子は、家のなかでベルの音が鳴っているのに気づきながら、しばらくのあいだ同じ場所に立ちつづけていた。

「奥さん。馬見原さん」

夢から覚めたように、顔を振り向けた。隣家の主婦が、犬の頭を撫《な》でながら、こちらを見ている。

「お電話みたいだけど」

佐和子は、相手の心配そうな顔と、家とを交互に見て、

「あ、どうもすみません」

小走りに玄関へ向かった。鍵《かぎ》を開ける途中で、電話のベルは切れた。

「タローが鳴いてたから、てっきりご主人がお帰りになったのかと思ってた」

背後で隣家の主婦が言う。

佐和子は、愛想笑いを返して、家のなかに入った。居間の手前の廊下が、仔猫《こねこ》が鳴くのに似た音を発する。呼ばれたように感じて、足を止めた。かかとと爪先《つまさき》とに、順番に体重をかける。キュウ、キュウ、と床が鳴る。

また電話が鳴りはじめた。居間に買い物袋を置き、電話の受話器を取った。さっきの男のことが頭にあり、すぐには声を出せない。受話器の小さい穴の奥から、

「お父さん？」

男の子のものらしい、高い声が聞こえた。

「お父さんじゃないの？」

佐和子は、不意に耳がむずがゆくなり、受話器を耳から離した。小さな虫の巣のような受話器の穴を見つめる。

「もしもし、お父さん？」

幼い声がかすかに響く。

受話器をふたたび耳に当てた。

「ぼく、研司だけど」

「もしもし？」

佐和子は思い切って声をかけた。

電話が切れた。なおしばらく受話器を耳に当てていたが、虫の声のような信号音が返ってくるだけだった。

受話器を置き、ぼんやりと時計に目をやった。

いつのまにか五時四十五分になっている。座卓の上からリモコンを取り、テレビをつけた。チャンネルを合わせ、その場で両手を前後に振りはじめる。

夕方の十分間、テレビのエクササイズ番組を見ながら、からだを動かすことが、最近の彼女の日課になっていた。テレビのなかの女性が、両手を振り、足踏みをしながら、ハイ元気よく、と語りかけてくる。

佐和子は、その声に合わせて、

「イチ、ニ。イチ、ニ」

気味の悪い男のことも、掛かってきた電話のことも追い払う勢いで、両手をさらに大きく前後に振った。

【五月三十日（金）】

氷崎游子の頭の上で、ヒーヨイ、ヒーヨイと愛らしい声がする。さらりとした風が吹き抜け、クチナシだろうか、甘い香りが鼻先をかすめてゆく。

空の青が、いっそ怖いほどだった。交通量の多い都心の大通り沿いで、空気は汚れているはずなのに、今日の青さはまた鮮明で、かえって作り物めいて感じる。この世界が、実は映画のセットのように、見えない誰かの手になる虚構の空間ではないのかと疑いさえ抱く。

いいんですか。

游子は、つい空に向けて、問いたくなった。

児童相談センターに勤めて以来、いや、もっと前の、中学生の頃から胸に抱えつづけている想《おも》いだ。

いいんですか。ひどいことばかりですよ。つらいことばかりが起きてます。子どもたちが虐《しいた》げられています。亡《な》くなってもいます。精神的に追いつめられている子も、大勢います。子ども同士が、互いを殺すことまでしています。それが、あなたの……あなたたち、かもしれないけれど……望みなんですか？

電線に止まっていたヒヨドリが、小首をかしげて、游子を見た。

「本当に、いいの？」

たわむれに、ヒヨドリに問いかけてみる。

ヒヨドリは、ヒーヨイと愛らしく鳴いて、電線の上からフンを落とした。

「ひどいなぁ」

ばかげた試みをした自分を笑い、通りに面した大きな門から、児童相談センターの敷地に入った。右手に駐車場を見ながら、まっすぐ正面に、病院か学校にでも間違えそうな、つまりは両方の雰囲気を兼ね備えた四階建てのビルが建っている。

午前中の心理診断が長引き、ようやく二時になって、外のコンビニエンス・ストアでサンドイッチを買うだけの時間ができた。これからまた三人の児童の面接をおこなわなければならない。或《あ》る児童は、心を閉ざして、プレイルームで保育士が働きかけても、ひと言もしゃべらない。心理技術の職員である游子が、何かしら心を開くきっかけを得られればということだが、自信はなかった。

家族のあいだで傷ついた子どもを、家族以外の人間が救ったり、癒《いや》したりすることは、容易ではない。むしろ不可能と感じることのほうが多かった。相手は子どもとはいえ、多様な心の内面を、他人が理解するには限界がある。しかも、人手は足りず、充分な時間も与えられていない。

自分たちに何ができるのか……。いつも考えていることだった。職員のなかには、ポケットマネーで、お腹《なか》をすかせた子どもたちに食事を買い与えたり、借金に苦しむ母子《おやこ》に返却されないことを承知で、幾らか貸したりする人もいる。サービス残業がほとんど常態となっている職員もかなりの数にのぼった。それでも、相手となる家族や子どもたちから「ありがとう」の言葉が聞かれれば、苦労も忘れるだろうが、逆に憎まれることや、マスコミから責められることも少なくない。

祈るしかない。

游子はよくそう思う。最終的には、相談を受けた家族の将来や、子どもたちの幸いについては、祈るしかない。

たとえ、一時的に子どもの命が救えたとしても、自分たちが関われるのは、短い期間でしかない。養護施設に送ったり、里親に預けたりしたことが、当の子どもにとって良かったのか、あるいは家庭に帰したことが正しかったのか、結果はいつも一定ではない。子どもの成長状況を長く追跡調査をするだけのシステムもなく、職員には異動があり、長期にわたって相談者を見ることも不可能だった。

あきらめたり、妥協したりするしかない面があまりに多く、新人の頃は、悔しさに、よく泣いた。いつか自分が、技術的にも人格的にも成長し、家族学などの進歩もあれば、もっと多くの家族や子どもを救えるだろうと、考えた時期もある。経験を積んだいまでは、そんな考えも傲慢《ごうまん》に思える。

たどり着いたのは、誰にも、苦しんでいる誰かを、一時的以上に救うことはできないという考え方だった。

あるいは燃え尽き症候群のサインかもしれない。だが、たとえ一時的な行為だとしても、現実に、いま保護しないと命の危険がある子どもがいる。福祉の介入が遅れたり、病院や警察との連携がうまくいかなかったりして、命を落とす子どもが、毎年何人かは出てしまう。児童虐待《ぎゃくたい》や家庭内暴力についての啓発活動が増えてはいても、どこかできっと悲しい家族問題が起きる。人間が愛情や環境に左右される生きものであるかぎり、なくすことはできない問題かもしれない。じきに本当に燃え尽きて、仕事をやめるのではという危機感を抱きながら、ひとまず職場への足取りを早めた。

向かって左手に、小さな団地風の、一時保護所の建物が見える。一階の大部分は、開放感のある幼稚園風の大教室で、学齢に達していない子どもたちが学んだり、ゲームをしたりする。庭には、ブランコや滑り台などの遊具施設も置いてある。学齢児童は、本館にある教室で授業があるため、保護所から短い距離を通うことになる。二階から四階が、子どもたちの宿泊用の部屋であり、バルコニーには洗濯物などが干されていた。その一時保護所の玄関先から、何やら怒鳴る声が聞こえた。

「うるせえ、ばか野郎」

足を止めて、耳をすました。

「早く玲子を返さねえかっ」

呂律《ろれつ》の怪しい男の声だ。

游子は一時保護所に走った。

「てめえらのやってることは、誘拐だよ」

玄関の内側にいたのは、駒田だった。

八重桜が満開の頃、游子は彼の娘を保護した。彼は、警察に留置され、その後不起訴処分となって釈放された。だが、今後のことを話し合いたいという児童相談センターの申し入れに対し、駒田は返事をよこさなかった。そのため娘玲子の処遇も決定できず、いまも一時保護所に預かる形となっている。

駒田は、灰色の作業着を着て、どこかで転んだのか尻《しり》の部分を泥で汚し、素足にサンダルを履いていた。

エプロン姿の若い保母が、玄関ロビーから先へ彼を入れないよう手を突き出し、

「やめてください、帰ってください」

と頑張っている。学校を出たての新人で、経験の浅い彼女は涙声で懸命に、

「一時保護所は、親御さんの同意がなくとも子どもを保護できるんですから……」

と、駒田を説得しようとしていた。

「うるせえ、親が自分の子どもを迎えにきたんだ。てめえらに、親子の仲を裂くどんな権利があるんだよ。玲子ぉ、出てこーい」

駒田は、保母を押しのけ、一時保護所のロビーにサンダルのまま上がった。

游子は、ようやく間に合い、

「やめてください」

と、彼の肩に手を置いた。

駒田が振り向いた。目が真っ赤に充血している。酒焼けした頬から顎《あご》にかけては、不精髭《ぶしょうひげ》が伸びていた。じっとこちらを見つめて、苦々しげに顔をしかめ、

「また、おめえか」

と、酒くさい息を吐きかけてくる。

游子は、コンビニの袋を靴箱の上に置き、

「大勢の子どもたちが暮らしているんです。怒鳴ると、おびえる子もいます」

実際に二階からは、子どもたちの泣き声が聞こえてきた。ほかの保育士たちは、そうした子どもたちをなだめているのかもしれない。駒田玲子は、いまは本館で授業を受けているはずだった。

「てめえらが、おとなしく娘を出しゃあ、騒ぎ立てることはねえんだよ」

「玲子ちゃんの幸せのために、話し合いをしたいと申し上げたじゃないですか。どうしていままで訪ねてこられなかったんですか」

「仕事を探してたんだろ。いちいちうるせえんだよ。だいたい、てめえがでしゃばるから、こんなことになったんだ」

駒田が、游子の胸もとに手を伸ばした。

とっさに相手の手首をつかみ、軽くねじった。駒田が痛みを訴えながら、床に膝《ひざ》をつく。游子は中学、高校と趣味で合気道を習っていた。本格的なものでないが、相手が酔っているために簡単に決められた。すぐに相手の手を離し、

「娘さんに会いに来られるなら、こちらの指定した時間にいらしてください。そして、今後の生活や、彼女の将来についての話し合いに、積極的に参加なさってください」

駒田は、ショックだったのか、膝をついたまま手首のあたりをしきりに撫《な》で、

「てめえの子どもに会うのに、なんで他人の許可がいるんだよっ」と吐き捨てる。

「玲子ちゃんを保護する事態にいたったのは、あなたが酔って起こしたことがきっかけです。なのに、またお酒を飲んで来られるなんて、どうかしてます。彼女の気持ちも考えてあげてください」

「偉そうによぉ。苦労して育てたのは、おれだぞ。夜中に熱を出したときは、おぶって病院に駆け込んだ。鉄棒で腕の骨を折ったときゃあ、病院で一晩中腕をさすってやった。一から十までおれが面倒を見たんだ。あれのことは一番よくわかってんだよ」

「でしたら、おわかりでしょう。玲子ちゃんが一緒に暮らすことを望んでいるのは、酔って暴れるお父さんではなく、優しい働き者のお父さんじゃないですか？」

「体裁のいいことを言ってんじゃねえ。てめえら、税金でおまんま食ってんだろ。子どもを勝手に取り上げて、会いたきゃ許可を取れ、暮らしを考えろだ？　働き口がつぶれねえから、甘いこと言ってられんだよ。こっちは、役人のさじ加減で、仕事がなくなることもあるんだ。だったら、まず仕事を世話しろよっ」

駒田が立って、游子の肩を突いた。彼女は、ついされるままになり、二、三歩後退した。駒田が、奥へと向き直り、

「玲子、玲子、お父さんだぞ、迎えに来たんだぞぉ」

と、今度は優しく呼びかけた。

游子は、玄関の外に人の気配を感じ、一瞬そちらへ視線を向けた。まだ遠いが、本館へつづく道の上から、こちらをうかがっている二つの影がある。その影のひとつに、見覚えがあった。

游子は、顔を戻して、廊下を進みかけている駒田を追った。彼の腕をつかんで、強く引く。酔っている彼は、簡単に体勢を崩し、背中を廊下の壁にぶつけた。

駒田は、痛みよりも恥ずかしさにだろう、酒焼けした顔をさらに紅潮させ、

「ちくしょうめ……女だからと甘く見てりゃあ」

「女や子どもでないと、強く出られないんじゃないんですか」

「なんだと、このアマ」

駒田が腕を振り上げた。さっき手首をねじられたためか、ためらうそぶりを見せる。

「あなたは、ご自分が負うべき責任まで、他人のせいにして、身勝手に社会を呪《のろ》っているだけです。そして、いま、ひとりの人間の人生をゆがめようとしています」

游子はあえて冷たい口調で言った。

「口を閉じろ、でねえと」

「女や子どもを殴ることしかできない人に、何ができるんですか」

駒田は、言葉にならないうめき声を発し、腕を振り下ろした。游子はよけずに、頬に彼の拳《こぶし》を受けた。腰から床に落ちた。ロビーの隅にしゃがみこんでいた保母が悲鳴を上げる。游子は、すぐに立ち上がり、背筋を伸ばした。

「その程度ですか」

駒田が、唇の端から泡のような唾《つば》を垂らし、からだごと殴りかかってきた。

そのとき、游子の背後から影が出て、駒田の腕を取った。駒田はからだを反らせて、折れる折れると、泣きそうな声を上げた。

游子は、しびれて熱くなってきた頬に、みずからの手の甲を当てた。駒田の腕を締め上げている相手に対し、

「馬見原さん、もうそのくらいで……」と、許しを求める。

馬見原は、厳しく彼女を見返してから、

「椎村、手錠をかけろ」

と、背後にいた若い男に、駒田を渡した。

駒田は抵抗する気力も失っている様子だった。

「戸塚署の管轄《かんかつ》だ。連絡して、引き渡せ。不法侵入および傷害の現行犯だ」

馬見原の言葉に、駒田はおびえた。

「待ってくれ。おれは何も……」

「はっきり見せてもらったぞ。そこのお嬢さんの頰にも、あとが残ってる」

駒田は、懇願するように游子を見て、

「あんたからも言ってくれよ。おれはただ娘に一目会いたかっただけなんだ」

「いいから、おとなしく懲役に行ってこい」

「馬見原さん、そこまでのことは」

游子は言葉をはさんだ。「酔いをさましてから、今後の暮らしのことを冷静に考えてほしいだけなので」

「考えるよ、考えるよ」

駒田が必死に言いつのる。

馬見原が眉間《みけん》に皺《しわ》を寄せて、真意を探るかのように、彼女を見つめた。やがて彼は、椎村という若い男へ、

「連絡して、駐車場で待ってろ。戸塚署の人間が来たら、おれが説明する」

「わかりました」

若い男が答えて、駒田を外へ連れだした。

游子は、ロビーの隅で泣いていた保母を慰め、控室へ下がっているように勧めた。

階段の下へと進んで、二階へ向けて、

「もう大丈夫ですよー、心配いりませんからー」

と、明るい声で言葉をかける。そのあと馬見原のもとへ戻って、

「どうも、危ないところを、ありがとうございました」と、頭を下げた。

馬見原が冷たい視線でそれを受けた。

「奴《やつ》の子どもが、どうかしたのかね」

「彼がお酒に酔って、怪我《けが》を負わせたんです。ひどくはなかったのですが、虐待の常習が疑われたので、ひと月前に、うちで保護しました」

「で、子どもを返せと押しかけてきたか」

「ええ」

「きみは、それに対し、どうすべきか迷ったあげく、か……。危ないね、きみは」

馬見原の口調は意味ありげに響いた。

「何のことですか」

「ちょうど、わたしが、この前を通りかかったときだ。怒鳴り声が何度も聞こえてきたから、のぞいてみた。そのわたしに、きみは確かに気づいた。わたしたちがこちら

へ来ることを予想して、きみは彼を怒らせ、殴るように仕向けたのだろ……」

游子は言いつくろおうとした。

馬見原が、手を振ってさえぎり、

「言い訳はいい。こっちは大した苦労でもない。しかし、きみは打ち所が悪ければ、思わぬ怪我をしただろう。なぜ自分を犠牲にしてまで頑張る」

「……そんなつもりでは」

「きみのやり方は、正しいのかね」

「わかりません」

游子は素直に答えた。駒田の存在が怖かった。今日は押し返せても、明日もあり、明後日《あさって》もある……。勝手に玲子を連れてゆかれ、そのまま行方不明になられたらと考えると、急に怖くなり、何か思い切った方法が必要に感じた。

「責めているわけじゃない」

馬見原が言う。彼は、駒田が連れだされたほうへ首を傾け、

「だが、もし奴がナイフを持っていたら、どうだったかな。運よくきみに怪我がなくとも、こっちは送検する義務が生じる。つまり罪人だ。奴の子どもは、そこまでのことを望んでいるのかね」

游子は顔を伏せた。

駒田玲子が一時保護所から失踪《しっそう》した夜、游子は彼女をアパートで保護した。眠っていた玲子に強くしがみつかれ、そのぬくもりに、いとおしさを感じた。絶対にこの子を守ろうと思った。

いっそのこと駒田が刑務所に入り、玲子から遠ざかってくれたらよいと、先ほどは無意識に願ったのかもしれない。それが本当に玲子の幸せになるのか、熟慮したわけでもない。人のためになろうと動くと、いつも微妙にエゴが混じる。

「で、今後どうするつもりだね。子どもとは、ずっと引き離しておきたいのかね」

馬見原の言葉に、游子は首を横に振った。

「いまのところは頭を冷やして、話し合う気になってくれればと思ってます」

「かなりのアル中に見えたな。そんな甘いことで本当に子どもの命が守れるのかね」

「……わたしたちも、一生見守っていけるわけではありませんから」

「じゃあ、適当に処理して、二度と酔って押しかけてこないように、少々脅しをかけておくか。それが望みなんだろう？」

「……すみません」

見透かされているのを感じ、游子はおとなしく頭を下げた。

「頬が少し腫《は》れてきたようだが」

馬見原が少し柔らかい声で言う。

「かすっただけです。それより、馬見原さんはどうしてここへ……」

「仕事だ。受付で見てほしいものがあってね。庭へ出ないか。よかったら、きみも見てくれ」

馬見原は先に外へ出た。

游子は、携帯電話で上司に駒田のことを報告し、彼を取り押さえた警察官と話すため、児童との面談が三十分ほど遅れることを伝えた。

庭へ出ると、馬見原がジャングルジムの前で煙草《たばこ》に火をつけようとしていた。

「庭も禁煙です」と、游子は告げた。

「ああ、そうか……」

馬見原は煙草をポケットに戻した。

「何を見ればいいんでしょう」

「杉並の事件を知ってるね。家族四人が亡《な》くなった。事件後ほどなく、別の捜査員がこちらへもうかがい、所長さんたちに質問していったはずだ」

「ええ。でも、知っているのは、報道された範囲のことだけです」

游子が知り得たのは、少年が家庭内暴力の末、両親と祖父を殺し、その後自殺したらしいということだけだった。児童問題に携《たずさ》わっている者の一人として、強い関心があり、情報を求めたかったが、上司に聞いても、詳細が明らかになっていないこともあって、それ以上のことはほとんど何もわからずにいる。

「確か麻生さんとおっしゃいましたね」

「そうだ」

「名前に覚えがないかと、職員全員が訊《たず》ねられました。でも、それだけで……。管理課も、記録簿を数年前までさかのぼって探したけれど、記録はなかったと」

「本来の管轄は杉並の児童相談所になる。こちらへは一応、最終確認だ。これはもう報道されていることだから話すが、母親のアドレス帳には、杉並児童相談所のほか、ここと、教育相談所、また民間の相談機関の名前が複数書かれていた。幾つかの場所で、母親の名前が残ってはいたが、どこも二度以上、相談を受けた記録はない。長期にわたって相談を受けた場所があってもよいと思うんだがね」

「相談を受け付ける際、匿名《とくめい》でも構わないということがありますし、偽名を使われる方もいらっしゃいます。もちろん途中であきらめられた場合もあるでしょうけど」

「確かに相談機関に対する不信感のようなものを、抱えていた節《ふし》はあるんだ」

「今回のような事件は、わたしたちにもつらいものです。もしも来所されていたなら、結果的に何もできなかったわけですし……来所されていないなら、わたしたちがまだ信用されていないということにもなり、反省すべき点が多いと感じてます」

「子どもの問題で、家族が相談におもむく場所は、きみの意見では、どういうところになる?」

「やはり保健所、教育相談所、児童相談所だと思います。ただ最近は、民間の相談機関を利用されるケースも増えてます」

「都内だけで、どのくらい民間の相談機関があるものかね。何かつかんでるかい」

「かなり、としか……。いまは、不登校や引きこもり、虐待《ぎやくたい》、また各種の依存など、問題が多様化して、公的機関が対応できないぶん、民間の機関や、当事者の会が増えてるんです。インターネットの普及で、情報網も広がって、それぞれがどんな活動をされているのか、わたしたちもつかみきれていません」

馬見原は、こうした答えをすでに知っているのか、はなからあきらめているような表情を変えなかった。背広のポケットから写真を出し、

「これなんだが」と、差し出す。

「拝見します」

スタジオで撮影したのだろう、正装した男女の真ん中に、私立中学校のものらしい制服を着た少年が立っている。男親はまじめな顔を崩していないが、女親は誇らしそうに笑い、少年も照れたような笑みを浮かべていた。

「こっちは、もう少し前の写真だ」

北海道の稚内《わっかない》へ、家族で旅行したときに写したもののようだ。先ほどの両親と少年、初老の男性が楽しそうに写っている。

「どうだね」

馬見原が訊《き》く。

游子には見覚えがない。それよりも気になったのは、この家族が……ということだ。

「本当に、この子が……」

顔を上げて、馬見原を見た。

「きみは、どう思う」

「……信じられません」

そう答えるほかない。

馬見原は、彼女を見つめるだけで、何も言わなかった。

游子は写真を返した。

「そろそろ約束した時間だ。あまり待たせるわけにもいかんのでね」

馬見原は、駐車場に座り込んでいる駒田と、それを見張っている若い男のほうへ軽く首を傾け、ちゃんと処理しておくよと言って、本館に向かって歩きはじめた。

游子は彼の幅のある背中を見つめた。彼の態度が、いまだけかもしれないが、少しやわらいでいると感じる。それを逃したくなかった。

「馬見原さん」

彼が半身を振り向ける。

「いまさら、わたしが言うことではないのですけど、真弓ちゃんと話し合ってください。お孫さんも生まれ、奥様も退院なされて、ちょうどよい和解の時期だと思います。彼女をもう許してあげてください」

「許す？」

馬見原が眉《まゆ》をひそめた。「許さないと言ったのは、向こうだ」

「彼女は、どんな自分でも、受け入れてほしいだけです。幼い頃からの願いだったんでしょう。お兄さんばかりがほめられていたと、寂しそうに話してたことがあります。お兄さんが亡くなってからは、前以上に馬見原さんに拒否されていると感じてたようです。だからこそ、最後は彼女のほうから拒否するしかなかったんじゃないですか」

馬見原が表情を強張《こわば》らせた。

「前にも言ったはずだが、他人の家のことに、口出しは無用だ」

「矛盾されてますよ、馬見原さん」

「矛盾?」

「先ほどの写真のご家族が、誰かに相談をして、相談された側も、親身に話を聞いていれば……悲劇を回避できたかもしれない。そう、お考えなんでしょう?」

「わたしはここへ相談に来たわけじゃない」

馬見原が固い声で言って、ふたたび歩きはじめた。その壁のような背中に、

「本当に、このままでいいんですか」

游子は問いかけた。

彼はもう振り返らなかった。

【六月二日（月）】


芳沢亜衣は背中を軽くつつかれた。後ろに回した手に、紙を丸めたものが渡される。

『何座だぴょん？』と書かれていた。

教壇では、地理の教師が黒板に地図を描いている。亜衣は後ろを振り向いた。クラスメートのチサが、ファッション雑誌を持ち上げる。星占いのページを広げていた。

亜衣は、弓を射る仕草をしてみせた。

授業中に携帯電話の使用が見つかると、没収となるため、メールでのやり取りはできない。しばらくして渡された紙には、丸い文字でこう書かれていた。

『射手座《いてざ》、サイテー。男運ダメ、金運ナシ、勉強も空回り。カワイゾー』

亜衣は、チサを振り向き、右手の中指を立ててみせた。チサのほうは舌を出す。

「はい、注目」と、地理教師の声が響いた。

黒板に、妙な形の地図が二つ描かれている。一方はかなり大きく、ブーツの形をした部分が下に突き出ている。

「こっちがヨーロッパの南側。ブーツ型の国はイタリアだ。わかるな。ここが地中海。イタリアのかかと付近に、ギリシアがある。こういう名前は、おまえたちもよく知ってるはずだ。問題はその隣だ。イタリアの東、つまりブーツのふくらはぎのあたり、ここに面した海……名前のわかる者? いないのか。アドリア海だろ。この海をはさんで、イタリアと向きあった地域を拡大したのが、こっちだ」

地理教師がもう一方の地図をさす。絵が下手なのか、でこぼことゆがみ、まるで水たまりか原生動物のような模様だと、亜衣は思った。

「ここは、かつて一つの国だった。誰か名前を知らんか」

クラスは、男子が二十一名、女子が十九名いるが、誰も手を挙げない。五十歳になる男性教師は、わざとらしく肩を落とし、

「なんだよぉ。大きな戦争があったんだぞ。ごくごく最近だ。毎日ニュースでやってたろ。おまえたちが、なんとかランドでキャーキャーはしゃいだり、アイドルの歌に合わせて踊ったりしてたあいだに、ここでは何万、何十万という人が死んでたんだ。旧ユーゴスラビア社会主義連邦共和国。ほい、名前だけでも聞いたことがある者」

生徒の約三分の一がのろのろと手を挙げる。もう少し知っている者はいそうだが、教師の話しぶりに反発している様子だった。

地理教師が白墨でカンカンと黒板を叩《たた》く。

「たったこれだけか。世界は一つって歌を聞いて育った世代じゃないのか。この地域では、民族の独立を願う運動が起きて、反対する勢力との紛争で、多くの血が流れた。おまえらが家族とカラオケに行って、いい気で歌ってたあいだにだよ。そして、幾つもの国と地域に分かれた。ここがスロベニア、こっちがクロアチア。こっちがボスニア・ヘルツェゴビナ。東側の地域は、セルビア共和国に、モンテネグロ共和国、こないだ一緒になってセルビア・モンテネグロになったな。ボイボディナ自治州、そしてコソボ自治州と……。だが、こうした分け方がいつまでつづくのか、誰にもわからん。入試でも、こまかな地域名は出やしない。問題を作ってるあいだに、答えが変わる可能性がある。だから名前を全部覚えろとは言わんよ。しかしだ。いま自分たちがこうして授業を受けているとき、世界のどこかでは、天井が爆弾で吹き飛ばされ、ノートもない鉛筆もない、鉛筆を持つ手さえ奪われた……そんな同世代の少年や少女がいるってことは、頭の隅に入れておいてもいいだろ。なあ、高畑、どう思う」

いきなり亜衣の後ろの、チサがさされた。彼女は言葉につまって答えられない。

「ほら立てよ。入試に関係ない話なら、ファッション雑誌でも読みましょう、ってか？」

地理教師が皮肉っぽく言う。椅子《いす》から立ったチサが身を縮める気配が、亜衣にも伝わった。彼は、黒板の地図を消しながら、

「どうせ、こんな話は今日までだ。一年生だから、少し話してみただけだ。安心しろ、次からは受験用の授業しかやらないよ。地理を入試科目に選ばなかった者とは、夏以降は顔を合わすこともない。どうだ、芳沢」

亜衣がさされ、彼女は仕方なく立った。

地理教師が、ちらりと彼女を見て、

「こうした地域で、同世代の人間がどんな想《おも》いで日々を過ごしているか、考えたこともないんだろ？」

亜衣は、消されてゆく地図の線を見つめるうち、ふと不安な気持ちに襲われた。

「その人たちはどうなんですか」

「誰、どういう意味だ」

「その地域の、同じ年頃の子たちは、わたしたちのことを、どのくらい知ってるんですか。わたしたちが、どんな想いで日々暮らしているか、どれだけ理解していると言うんですか」

地理教師が、手を止めて、「なんの話だ」と、彼女を正面から見た。

「その地域の子たちのことを、何も知らないって、わたしたちが責められるんなら……その子たちも、わたしたちを知らないことで、責められるべきじゃないですか」

「バカか、おまえ。日本は平和だろ。この地域では、ひどい紛争があったんだよ」

「もし、その地域が平和で、日本に紛争があったら……その地域の子たちは、歌も遊びも受験勉強もせずに、わたしたちのことを理解し、同情してくれたんでしょうか。日本の地図を、九州とか、四国とか、間違えずにちゃんと書けたんでしょうか」

地理教師は一瞬、言葉を失った様子だった。やがて、あきれたように首を振り、

「よくまあそんな、ひん曲がった考え方ができるもんだな。いいよ、座れよ」

亜衣は素直に座った。地理教師は、手についた白墨の粉をパーンと音をたてて払い、

「どうぞ、どうぞ。自分の半径五メートル以内しか見えない人間になれよ。おまえたちの生き方の問題だからな。さ、ご期待どおり、受験モードに切り替えるぞ。手始めに、ノートに世界地図を描いて、大陸名を書き込め。小学生の課題だぞ」

生徒たちは、面倒くさそうにため息をつき、ノートを広げた。

ほどなく授業が終わり、教師が不機嫌そうに出ていったあと、

「言ってやったじゃん」

亜衣は、後ろのチサから肩を叩かれた。

別の女生徒も集まってきて、

「あいつ、前からムカツクんだよね」

「自分だって何もしてないくせにさぁ」

「でも亜衣、あれ、どういう意味？　よくわかんなかったよ」と、チサが訊《き》く。

亜衣は首をおどけた感じで横に振った。

「わたしもわかりましぇーん。テキトーにしゃべっただけどぇーす」

集まった女生徒たちが笑った。

「亜衣って、オモロイね。最初の頃、もっと暗い感じだったのに、全然明るい」

亜衣は、そうかなぁと笑って、「誰か連れション行く？」と訊いた。

「早く行ってきなよ。授業始まるよ」

チサに肩を押され、亜衣は教室を出た。

廊下を渡り、トイレに入った。個室の鍵《かぎ》を掛け、便座を開ける。からだを屈《かが》め、口を開けた。今日は学校で二度目だから、ほとんど何も残っていない。だが、吐ききれていない、まだ胃に不純物が残っている気がする。口のなかに指を入れ、こみ上げてくるものをもどした。粘っこい唾《つば》が、口の端に垂れる。スカートのまま便座に腰を下ろした。大きく息を吸い、吐くと同時に、「ざけんな、ばか」とつぶやく。

予鈴が鳴り、亜衣は水を流した。教室に入り、手を振ってくるチサたちに、笑顔で手を振り返した。

午前中最後の授業を終え、昼食をはさんで、午後最初の授業は美術だった。

亜衣は、チサたちとからまり合うようにして、美術教室に入った。

巣藤浚介は額に絆創膏《ばんそうこう》を貼《は》っていた。連休が明けたあと、彼はなお一週間の休みを取って、登校してきた。そのときは頭に包帯を巻いていた。別のクラスの生徒が質問すると、階段から落ちたと答えたらしい。包帯はじきに取れたが、額を縫ったというから、絆創膏でその部分を覆《おお》っているのだろう。

浚介が登校してきて以来、亜衣はずっと彼の視線を感じていた。遠くにいても、見られているのを感じ、それがうっとうしくてならなかった。できるだけ避けるようにしたが、先々週の月曜日、ついに目の前に立たれ、「どうだ、大丈夫か」と話しかけられた。

亜衣は、意味がわからないというように首をかしげて、大丈夫だと答えた。

「何も問題はないのか」

と重ねて訊かれ、彼女は肩をすくめて、一体なんのことかと訊き返した。

浚介は言葉に困った様子だった。

「何もないならいい。ただ、話したいことがあるようだったら、いつでも相談に乗るから。どんなことでも構わない」

そう言った彼に、うるせえ、ばか、くそ野郎、と言い返す代わりに、

「ありがとうございます」

と、頭を下げ、彼の前を離れた。

それよりさらに前、五月の連休が明けたときに、亜衣は教員室に呼ばれ、担任や教頭から質問を受けた。校長室にも一度だけ呼ばれた。大丈夫なのか、問題はないのか、悩みはないのか、相談事があれば、なんでもいいから話すように。

そうした問いかけには、すべて笑顔で答えた。大丈夫です、ご心配かけて申し訳ありません、悩みですか、足が少し太くなったことですかね、アハハ……。

いまでは教師の誰もが、問題は解決したと思っている様子で、亜衣に対して何か質問することも、特別な視線を向けてくることもない。

浚介だけが、いまもまだもの言いたげな視線を向けてくる。

美術の授業は、粘土で人の顔を作るという課題だった。亜衣は、チサたちと班を作って集まり、ほとんど手を動かさずに話ばかりして、誰かが笑えば、一緒に笑った。

浚介が何度か亜衣の背後に回ってきたが、決して視線を合わさないようにした。

授業後、全員が教室を出てゆくとき、

「芳沢」

と、彼に呼ばれた。

亜衣は聞こえないふりをした。そばにいたチサが気づき、

「亜衣、呼んでるよ」

と言ったが、彼女に身を寄せて、

「いいよ、シカトしよう」

と、駆けだした。チサたちも面白がり、一緒に走って、美術教室から遠ざかった。

放課後、亜衣はチサに誘われた。他校の男子からメールが入り、塾の時間まで二時間、カラオケ・デートをしようという。相手はもう一人連れてくるので、

「亜衣、お願い」

と、手を合わされた。

新宿の、ファーストフードの店で待ち合わせた。相手は先に来て待っていた。二人とも長い髪を茶色に染め、シャツの胸もとをはだけ、ズボンをずり下げてはいている。

「おつむは足りない学校だけど、遊ぶのには楽しい連中だから」

チサからはそう紹介されていた。ハンバーガーとコーラを少年たちにおごらせて、

主にチサと少年二人が流行の音楽やテレビのことを話した。

「先に、おもしれえゲームを見せっから」

カラオケに向かう途中、少年たちが言い、遠回りをして、広い公園を散歩した。

ホームレスの人たちが暮していているらしい、青いシートや段ボール箱で作られた家が、小さな村のように集まった一画がある。亜衣たち四人は、いったん前を通り過ぎ、少し離れたところで、

「ちょっと、遠くで見ててよ」

少年たちが、自分のバッグを亜衣とチサに預け、そのホームレスの村のような場所へ戻っていった。

彼らは突然駆けだした。シートや段ボール箱で作った家を、足で蹴《け》り、手で突いて、次々に崩した。家のなかで寝ていた人を見つけると、少年たちはそのままの勢いで相手の腰や背中を蹴り、笑いながら次の家へ向かった。

日が暮れるにはまだ少し間があるからか、シートや段ボール箱の家のなかにいた人は、半数ほどだった。家を崩され、暴力をふるわれた人たちが、少年たちを怒鳴りつけ、追いかけはじめた。

すると、少年たちはポケットからナイフのようなものを取り出し、

「刺すぞ、刺すぞ」

と叫び、腕を振り回しながら走った。

亜衣はびっくりして声も出なかった。だが、隣ではチサが楽しそうに笑っており、

「ばっかじゃない、あいつら」

と、腹を押さえて、からだをくねらせる。

少年たちは、立ちはだかるホームレスの人々のあいだをすり抜け、歓声を上げて、
亜衣たちが待っているほうへ走ってきた。

「亜衣、行くよっ」

チサにうながされ、亜衣も走った。少年たちが追ってくる。公園を出て、高層ビルのあいだを走り抜けた。人通りのあるところまで来て、少年たちが彼女らに追いついた。

「どうだった」

興奮した様子で、少年の一人が訊く。

「あんたたち、最低」

チサが笑いながら言った。

「六軒、おれはつぶした。こいつは五軒だったから、おれの勝ちぃ」

もう一人の少年が自慢げに言う。

「蹴り飛ばしたゴミの数は、おれのほうが絶対に多いって。ヒーヒー泣いてたぜ」

「ゴミが、目の前に飛び出してくっからさ、マジ刺しちゃうとこだったよ」

亜衣は二人の手を見た。ナイフの刃はたたまれているが、まだ柄を握ったままだ。

「あんたたち、それ、いつも持ってんの」

チサが呆《あき》れたように訊く。

少年たちは、肩をすくめて、繁華街に遊びに出るなら当然で、護身用だと答えた。

「でも、護身に使ってないじゃん」

チサがおかしそうに言う。

「ゴミに襲われそうだったんだ、護身だよ。自衛だって」

一人が答え、もう一人もうなずいて、

「あんなとこに小屋を作るのは違法だからね。こっちは正当な撤去作業だよ」

「いいから、もう行こう」

チサが誘って、四人はカラオケの店へ向かった。個室に入って、少年たちとチサが歌い、亜衣はチサにデュエットを誘われたときだけマイクを持った。少年の一人がいつのまにかチサの肩を抱き、もう一人が亜衣の肩を抱こうと、にじり寄ってくる。やがてチサと少年の一人がキスをはじめた。亜衣の肩にも手がかかる。

「いいじゃん」

少年がささやいた。相手の鼻息が首筋にかかる。男を灰皿で殴ったことが思い出された。目の前のテーブルにも灰皿がある。亜衣は、とっさにカラオケの本を少年の胸に押しつけ、「歌って」と、かわした。

六時を回り、チサは新宿で、亜衣は代々木の塾で授業が始まる時間に近づいた。あと一曲だけ全員で歌おうと、曲がセットされたところで、

「ごめん」

亜衣はトイレに入った。さっき食べたハンバーガーとコーラ、いま飲んだジュースを吐き、水で流した。無残に壊されたホームレスの人たちの家々の様子が頭に浮かんだ。前にテレビで見た、襲撃された難民キャンプのようだった。床の染《し》みが黒板に書かれた旧ユーゴスラビアの地図に似ている。後ろめたさと、罪悪感、そして劣等感がつのる。

自分なんてろくなものじゃない。もしも紛争地域に生まれていたら、とても生き延びられない。爆弾が落とされる地域で暮らしていたら、正気なんて保っていられない。でも、もしも、そうした国に生まれていたら、いまのこんな想《おも》いもしないですんだん

だろうか……。

　こっち側に生きてることは、わたしの責任？

　知ってるよ、そんな言い訳めいたことを考えても、頭の上から爆弾が落ちてくるわけじゃない。この店に爆弾を持った人が飛び込んでくるわけでもない。

　亜衣は、トイレの水のなかに、自分の携帯電話を落とした。ストラップを持ったまま、電話機本体をしばらく水につける。

　ドアをノックされた。慌《あわ》てて携帯電話を水から上げた。亜衣を呼ぶ声がする。トイレを出ると、帰り支度をしたチサがいた。

「遅いから、心配になってさ。どうした」

　亜衣は、泣きそうな表情を彼女に向け、濡《ぬ》れた携帯電話を見せた。

「超最悪。落としちゃった」

　亜衣は、少年たちと別れたあと、チサとも別れ、電車には乗らずに、歩いて公園に戻った。もう日が暮れていた。ホームレスの人たちの家は、おおかた元に直されているようだった。しかし、本当のところどうなのか、確かめにゆくことはできない。

　公園の入口近くにいた亜衣の背後で、うめくような声がした。隅のベンチに、中年の男がうずくまっている。服装などから見て、やはり公園で暮している人のように思

えた。亜衣は、近づくことを恐れながらも、苦しげな様子に、

「あの……どうかしたんですか」

罪悪感も手伝って、声をかけた。

相手は返事をしなかった。少しだけ近づいて、もう一度声をかけた。

「腹が、痛くて……」

相手は顔を上げないまま答えた。

「あ、じゃあ救急車を……」

相手は首を横に振った。いらない、そんなもの呼ばれても……と、うめくように言う。

亜衣は、ホームレスの人たちが集まっているところへ、誰かを呼びにいったほうがいいかと迷った。だが、怖かった。どうしてもそちらへ足が向かない。仕方なく街のほうへ戻った。

こんなときはどうすればいいのか、誰も教えてくれていない。旧ユーゴスラビアのことは、今日少しだけ教わった。でも、旧ユーゴスラビアの人がもし目の前で倒れていたら、どうすればいいのかは教えてもらっていない。保険に入っていなくて、病院に行くのを嫌う日本人や不法滞在の外国の人が大勢いると、テレビで放送されていた

……だから、どうなの。どうしろって言ってんの。地理の先生、どうすんのよっ。最悪だ。最低だ。亜衣は、繰り返しつぶやきながら、ようやく見つけたドラッグストアに入った。ミネラルウォーターと、クラッカー、そして腹痛の薬と、胃腸薬を買った。その袋を持ち、公園へ戻る。ベンチのところに、男性は同じ姿勢でいた。苦しげに目を閉じている。亜衣は、彼の近くまで進み、「あの……」と声をかけた。

相手が薄目を開く。

「よかったら、これ……」

それだけ言って、ドラッグストアの袋を、彼のそばに置き、街のほうへ駆けだした。

偽善者。自分に向かって吐き捨てる。こんなことで許されると思ってるのか。誰もおまえなんて許さない。許すわけがない。

亜衣は、駅前のデパートのトイレに入り、口を開いてうずくまった。胃からは何も出ないのに、涙だけが出た。

【六月五日（木）】


熟れ過ぎた果実のような色の夕陽が、大気の加減だろうか、小刻みにふるえている。

馬見原は、鉄塔の影に入って西日を避け、まだわからんのかと声をかけた。

「もう少し待ってください」

椎村が、西日のあたる道の中央に立ち、メモをした住所と、地域の住居区分図とを照らし合わせている。

どこからか爆音が聞こえてきた。馬見原は、影の外に出て、空を見上げた。鉄塔の彼方《かなた》に大型ヘリコプターが現れ、夕陽の前を横切ってゆく。

「東京もけっこう軍用機が飛んでますよね」

椎村が言った。さらにもう一機、輸送用のヘリコプターがつづいてゆく。

「ああいうのを作ってる会社って、やっぱり不況知らずなんでしょうね」

「いいから、さっさと探さんか」

厳しく椎村をうながした。

川をはさんで埼玉県と接する、東京北部の住宅地だった。畑がそこここに残って、一帯が森だったことを思い起こさせる保有林も多く見られる。広い敷地を有する廃材置場なども点在していて、都心に比べ、ゆとりのある空間の使い方をしていた。

「確かにここなんだけどなぁ」

椎村があらためて周囲を見回す。彼の背後には、金網に囲われた資材置場があるだけだった。鉄板やパイプなどの建築資材が整理して積まれ、一番奥にはプレハブの管理小屋らしい建物がある。

「あの小屋に誰かいるかもしれませんから、聞いてみましょうか」

椎村が金網のほうへ歩み寄った。

馬見原たちは、麻生家事件の被害者である母親の、アドレス帳に残されていた公的な相談機関および民間で相談を受け付けている人や場所を訪ねて、麻生達也の犯行を裏付ける証拠を整えていた。その仕事もいまは終りに近く、今週中にも馬見原が仕上げて、月曜には上司に提出することになっている。

もう少し時間があればと、馬見原も思わないではない。だが、時間があったところで、捜査方針をくつがえせる見込みもなかった。たとえ或《あ》る相談機関に、麻生家の人間が相談に訪れていたとしても、それは彼らが問題を抱えていたことを裏付けるものでしかない。彼自身ここ数日は意欲を失い、聞き込みの質問も椎村に任せて、黙ってそばで聞いているだけだった。

椎村が、金網の向こうへ、すみませーんと声をかける。

ほとんど同時に、馬見原の携帯電話が着信を知らせた。椎村のほうに背中を向け、電話に出る。シャンソンが聞こえた。エディット・ピアフの曲だ。

「ウマちゃん、欲しいの。早く来て」

女の切なそうな声がした。

馬見原は苦笑した。

「残念だが、仕事中だ。いまは無理だな」

「あら、いつだってそうじゃない」

声がからりと明るいものに変わり、「いっぺんくらい、仕事中に遊びにきなさいよ」

「どうした」

「油井って男。現れたわよ」

「どこだ」

「新宿二丁目……店は」

彼女が店の名を言った。

「ヤサはわかるか」

「ホテルに呼ばれた子がいるけど、ちゃんとしたヤサは誰も聞いてないみたい」ホテルの名前も二軒、彼女は告げた。

「わかった。礼はまたする」

「からだで返して」

「いずれな」

「奥さん、どう。問題ない？」

「ひとまずな」

「幻世《まぼろよ》だっけ？　あんたのママさんの言うとおり、しょせんははかない世の中なのよ。しゃかりき頑張っても知れてんだから、想《おも》ってくれる人を大切になさいよ」

「ああ。きみもだ」

「ウチには猫と思い出しかないからね。じゃあ何かわかったら、また電話する」

女が電話を切った。

馬見原は、電話をポケットに戻し、椎村のほうへ向き直った。いつのまにか金網の向こうに、六十代くらいの男が立っている。中背だが、肉体労働者らしく胸が厚そうだった。

椎村が、金網越しに、彼に質問している。ゆっくり近づき、かろうじて声が聞こえるあたりで足を止めた。

「お隣で聞いてごらんなさい」

男の答えが、馬見原の耳にも届いた。

金網製の扉には、表札めいた小さなプラスチック製のプレートが吊《つ》られている。『日本家庭防除センター』と書かれ、電話番号も書き添えられている。

「これは、どういうお仕事なんですか」

馬見原は訊《たず》ねた。

男がこちらに顔を向ける。意外に知的な面差しをしていた。唇の下の顎《あご》のところに、刃物で切ったものらしい古い傷痕《きずあと》がある。

「家屋やマンションなどの害虫駆除をおこなっているんです」

彼が答えた。低くて深みのある声をしている。

「害虫、とは何です」

「ゴキブリ、白蟻《しろあり》、ダニなどです。古い家屋だけでなく、新しく建てる際も、様々な害虫駆除が必要となりますので、資材の管理とあわせて、やっております」

馬見原は、主に鉄の目立つ資材のほうに目をやった。

「いやしかし、金属類には虫はつかんでしょう」

男が笑みを浮かべた。皺《しわ》の深い厳しい顔だちが、一瞬にして親しみをおぼえる表情に変わる。彼は、首を横に振って、

「どんなところも、まず土壌を消毒しなければいけません。コンクリートで固めるにしても、土がきれいでないと、虫が涌《わ》き、コンクリートの隙間《すきま》から室内に入ってきます」

「なるほど、そういうものですか」

「また、鉄筋コンクリート造りといっても、どこかしら木が使われていますからね。油断していると、大事な家が取り返しのつかないことになります」

「あ、実は、両親の家で、床がぶよぶよと浮いている箇所があるんですよ」

椎村が口をはさんだ。

「それは、かなり危険な兆候ですね」

男が冷静な声音で言う。

「え、じゃあどうしたら……」

椎村は仕事を忘れた様子だった。

「では、失礼します」

馬見原は相手に会釈《えしやく》をした。

椎村も、我に返った様子で、慌《あわ》てて頭を下げる。男が、優しげな笑みを浮かべ、

「もしもの際は、いつでもご連絡ください」

と、薄茶色の作業着の胸ポケットから名刺を出した。

椎村がそれを受け取り、礼を言っているあいだに、馬見原は先へと歩いた。ほどなく椎村が追いついてきて、

「すみません。父親が前々から、家のことを気にしてたもので」と謝った。

建築資材置場の右隣に、高いフェンスをはさんで、木造の民家が建っている。玄関の表札には、『山賀《やまが》』という姓だけが掲げられ、電話相談を受けていることを示す看板などは見当たらない。

馬見原は勝手に敷地内に入った。庭が広く、平屋建ての家の隣に、小屋風の木造家屋が建っている。小学校の教室くらいの大きさがあり、いわゆる離れのようだった。

「どちら様でしょう」

正面の家のほうから、女性の声がした。

玄関の引き戸が開かれ、年配の婦人がこちらを見ていた。白髪まじりの髪を後ろにまとめ、薄い色のサングラスを掛けている。

馬見原は、彼女の前に戻り、警察手帳を出した。あとは椎村に任せて、彼が慣れた口調で用件を話すのを、黙って横で聞いていた。

「それは、どうもご苦労様です」

婦人が姿勢よく頭を下げた。質素な身なりはしていたが、どことなく上品な印象を抱かせる。

「どうぞ、お入りになってください。狭いところですけれども、どうぞ」

馬見原たちは玄関脇《わき》の部屋に案内された。もとは応接間だったものを、事務所風に使っているという。勧められて、応接用の椅子《いす》に腰を下ろした。

「いま、お茶を」

彼女が部屋を出たあと、馬見原は室内を見回した。スチール製の机が二つ並べられ、留守番録音や外部スピーカーの機能が付いた電話が一台ずつ置かれている。書類のファイルなどは、机の上にきれいに並べられていた。民間で家族の悩み相談を受け付けている事務所や家をこれまで十軒以上訪ねてきたが、多少の規模の違いだけで、それらとほとんど差のない造りだった。彼女が電話を待つあいだに縫っていたのだろう、木綿の上着のようなものが、裁縫箱と一緒に机の上に置かれているのが、民間らしい生活くささを感じさせた。

ほどなく彼女が戻ってきて、馬見原と椎村の前に湯飲み茶碗《ちゃわん》を置き、連絡先などを記した名刺を差し出した。

「『思春期心の悩み電話相談』を開いております、山賀葉子《ようこ》でございます」

室内でも彼女は薄いサングラスを外さないが、動きを見ると、さほど目が悪いということではなさそうだった。

馬見原は、いま初めて室内を見回すそぶりをしてから、

「突然うかがいまして申し訳ありませんでした。縫い物のお邪魔をしてしまったようですが」

婦人は恥ずかしそうに手を横に振った。

「じっと電話を待っているのも何ですので、あのようなことを手慰みに」

馬見原は、彼女にうなずいて、椎村へ目で合図をした。

椎村が、待ちきれなかったかのように身を前に乗り出し、

「この部屋で、電話相談を受けてらっしゃるんですね」

何度も繰り返して自信を持ったのか、慣れた口調で質問をはじめた。

「はい。自宅の一部を使ってます。もっと近代的な事務所や、知的なカウンセラーを想像なさってらっしゃったでしょう?」

「いえ。何軒か民間で相談を受けてらっしゃる方々や、子どもの不登校で悩まれてる親御さんの当事者の会などを訪ねましたが、自宅を使われている方はけっこう多くいらっしゃいました。ところで、電話相談では、主にどんな応対を?」

「話を聞く。基本的にはそれだけです。とにかく皆さん、悩みを吐き出したいんです」

「お一人で応対なさってるんですか」

「ええ」

「大体、何時から何時頃までですか」

「時間の枠は定めていません」

「つまり……二十四時間いつでも、ということですか」

「はい、そうなります。どうぞ冷めないうちに」

彼女に勧められ、馬見原だけが茶を口にした。豊かな香りが立ちのぼり、

「いいお茶ですねぇ」

と、素直に感想を述べた。

「ありがとうございます」と、婦人がほほえむ。

「でも、二十四時間というのは、あまりに大変じゃないですか」

椎村が質問をつづけた。

「刑事さんは、ご家族やご友人に何時から何時までに電話するようにって、つねに指定なさってらっしゃいます？　自由な時間に、親身に話を聞いてくれる、そんな相談相手を、みなさん求めていらっしゃるんです。ですから、普通の家庭でするように、呼び出しが鳴れば、いつでも受話器を取るという方針でやっています」

「しかし、気の落ち着く間がないんじゃ？」

「慣れれば、それほどでもないんですよ。朝の五時六時に掛けてくる方は、さすがにいませんし。留守番電話のほうが、悩みを伝えやすい方もいることが次第にわかって……お昼や夕方の一定の時間は留守番電話にして、家事もこなしてしまうんです」

「では深夜も、留守番電話に切り換えられるわけですね」

「時間帯によりますけど、午後十一時頃から午前三時前後は、肉声で答えて差し上げるのが一番ですね。公的機関の電話相談も終わってますし、やはり夜は、様々な不安に襲われる方が多いですので」

「眠れないじゃないですか」

「朝方やお昼に居眠りばかりしてます。もっと何かして差し上げたいんですけど、話を聞くことしかできません。せめて電話の受付くらい、時間の枠を設けるのはやめようと思ったんです。多くの方に幸せになってほしいのに、力がなくて……」

馬見原は、頭の下がる想いで、それを聞いた。彼女のような人物であればという考えが、ふと胸に湧《わ》いた。娘の真弓との確執が生じたとき、彼女のような人物があいだに入ってくれていたら、事態は変わっていたかもしれない。少なくとも氷崎游子に感じたような、経験のない小娘に何がわかるといった反発は感じなかっただろう。

「わたしも、あなたに話を聞いていただきたくなりましたよ」

つい言葉をはさんだ。

「あら、とんでもない。でも、よろしかったら、いつでもどうぞ」

婦人が柔らかくほほえむ。

馬見原は、椎村の視線を感じた。話をさえぎられたことを不満に思っているらしい。いいからつづけろと、目で合図した。

「こうした電話相談をなさる、きっかけのようなものは何かあったんですか」

椎村が彼女に訊《たず》ねる。

「とくにありません。昔から子どもの教育問題について興味があったんです」

「失礼ですが、学校の先生をなさっておられた経験が、おありじゃないですか」

馬見原はまた言葉をはさんだ。彼女の姿勢や雰囲気から察したことだった。

「以前、保育園で働いておりましたけど」

相手が柔和な表情で答える。

「やはりそうですか」

たぶん多くの母親たちから頼りにされていただろうと思う。

椎村が、小さく咳払《せきばら》いをして、

「ところで、麻生という名前の相談者の件なんですが」

と、本題に入った。事件後すぐ、麻生家のアドレス帳に書かれていた相談機関には、別の捜査員がすべて電話を入れて、確認をとっていた。この『思春期心の悩み電話相談』も確認済みで、麻生という人物からの相談は受けていないという返事を、そのときもらっている。

「あのあと、ノートを何度も点検しましたが、やはり麻生という名前はございませんでした」

婦人が残念そうに答えた。

ノートに記録するのは、相談を受け付けた日時と、相手の名乗った名前、もちろん匿名《とくめい》が多いらしいが、内容も簡単にメモするという。見せてもらえないかという椎村の申し出は、個人のプライバシーに関わることだからと断られた。

「麻生家は、子どもの不登校や、家庭内暴力で悩んでいたようなんです。匿名だとしても、それが参考になりませんかね」

「悲しいことですけれど、電話の多くが、不登校や引きこもり、家庭内暴力といったことのご相談なものですから……」

婦人の答えは、馬見原たちもおおむね予想していたことではあった。

「相談者とは、直接お会いになりますか」

ほかでもおこなった質問を、椎村は最後まで繰り返すつもりらしい。

「電話を受けた初回では、まずありません。何度かお電話をいただくうちに……じゃあ会って話しましょうか、ということは、数は少ないですけれど、ございます」

「どこでお会いになるんです」

「相手の希望される喫茶店のような場所へ出向く、ということもございます。でも、うちのほうへご案内することも増えてまいりました」

「この部屋へですか」

「いいえ、先ほど見てらっしゃった、離れ風の小屋がございましたでしょう」

婦人が窓のほうに顔を向ける。「うちは借家なんです。あの小屋は、大家さんの亡《な》くなったお父様が、趣味で絵を描くために建てたアトリエだそうです。自由に使っていいと言うことでしたので、みんなでお茶でも飲みましょうって……日曜日ごとに集まり、それぞれの体験を打ち明けたり、世間話をしたりしてます」

「当事者の会のようなものですね」

「大げさなものじゃないんですよ。カラオケや社交ダンスで集まる場所はあっても、家族の悩みを打ち明ける場所って、ありませんでしょ。ご近所づきあいも減って、世間話でさえ気軽にできる場所がないんです。外国では、宗教施設がそうした悩みの社交場になってますよね。日本でももっとそうした場所があっていいと思うんですけど」

椎村がセカンドバッグから写真を出そうとするのを見て、馬見原は先に、

「失礼ですが、目がお悪いのですか」

と、確認のために訊ねた。

婦人は、サングラスにそっとふれ、

「いえ、少し充血していたものですから……」

「眠らず、相談を受けてらっしゃるからでしょう」

「ご不快な想《おも》いをさせて、すみません」

「いいえ。写真を見ていただきたいもので、もし目がお悪いのであればと」

「大丈夫です。視力は問題ありません」

麻生家の写真を二枚、椎村が婦人に差し出した。

彼女は丁寧に写真を見た。やがて、残念ですけれどと首を横に振った。

「被害者が、おたくの電話番号をメモしていた理由ですが、お心当たりは」

椎村が、写真をしまいながら訊《き》く。

婦人は、首をかしげて、

「ここは開設して一年と少しですから、どうでしょう。お知り合いに聞かれたのか、インターネットをご覧になったのかもしれません。わたしは使えないんですけど、日曜日の集まりに来られてる方が複数、ご自分のホームページで紹介してくださってるんです。わたしが作ったのは、こんな簡単なチラシで、ときおりご近所などに配るんですけど」

婦人が、机の引出しからＢ５判ほどの紙を取って、馬見原たちに差し出した。思春期特有の問題行動が列記され、悩みを抱えている人へ電話を掛けてみるよう、優しい文言で勧めている。彼女が書いたのか、イラストも添えてあり、吹き荒れる嵐《あらし》のなか、夫婦と子どもの三人家族が懸命に身を寄せ合っている図柄だった。

そのとき、一台の電話が鳴った。

ほほえんでいた婦人の顔が、緊張した表情に変わり、

「受けても、よろしいでしょうか」

電話を見たあと、こちらを振り返る。

「どうぞ」

と、馬見原は勧めた。

婦人は、息を整えてから受話器を取り、

「はい、思春期心の悩み電話相談です。今日は夕陽がとってもきれいですね。ご覧になりました？」

彼女の声は、会話のときよりもさらに柔らかく、相手を包み込むように聞こえた。

「お名前をおっしゃる必要なんてないし、秘密もきっと守りますよ。胸につかえてるものを話してみてください……えっ」

メモの用意をしていた彼女の顔が、馬見原の目にも明らかに強張《こわば》った。

「どういうことかしら。杉並の四人家族？　麻生さん……亡くなった、あのご家族のこと？」

馬見原は思わず身を乗り出した。

「ええ、ニュースで見て、もちろん知ってます……何を言ってるの、もしもし？」

馬見原は、彼女の前に回り込み、目で彼女をうながした。婦人は、少し迷っているようだったが、止《や》むを得ないと思ったのか、スピーカー機能のスイッチを入れた。とたんに、電話を掛けてきた相手の声が部屋のなかに響いた。

「だから、やったんだよ。あの麻生って家族を、ぶっ殺した」

馬見原は、椎村にメモをとるように合図した。

「ヒーヒー苦しんでた。助けてくれって、泣いて頼んだ。けど、許してやらなかった」

スピーカーからの声は、悪意のにじんだ、憎々しい口調でしゃべった。

「どうして、そんなことを……」

婦人が問い返す。

「ばかな家族だからさ。もともと家族になる資格もなかったんだ」

「嘘《うそ》はおよしなさい。亡くなった方を愚弄《ぐろう》するような真似《まね》はいけませんよ」

「心中って言ってたけど、違う。まぬけな警官にはわからなかったんだ」

「いい？　電話は大歓迎です。でも、人の死をもてあそぶような嘘をついてはだめ」

彼女が、落ち着きを取り戻したのか、おだやかな声でたしなめた。

高く笑う声が返ってきた。

「信じないの？　だったら、またやってやる。どっかの家で試すから、ニュースを見てなよ」

「ちょっと待って。もしもし？」

「家族を作ったことを後悔させてやる」

電話はそこで切れた。

婦人が困惑した顔でこちらを振り向く。

馬見原は、まだ切らないよう、手で合図した。彼も動揺していた。電話の声は明らかに若かった。いたずらが疑われるが、まさに彼自身が気にかけていたことであり、スピーカーから流れる信号音がさらに何かを知らせてくれないかと、電話機を睨《にら》みつづけた。

【六月十三日（金）】

巣藤浚介は、五つ並んだ小部屋のうち、『取調室・五』というプレートが貼《は》られた部屋の、ドアのすぐ横に立たされた。

本来は、マジックミラーのある部屋が一室あるという。だが、別の事件の重要容疑者がその部屋に入り、数人の証人が顔を確認しているため、使えないのだと言われた。

この朝、彼は豊島《としま》警察署から急の呼び出しを受けた。彼を襲った容疑者が捕まり、彼の顔を見てもらいたいという。学校には午前中だけ休みをもらった。幸い学校側は、彼が襲われたことについては同情的だった。

前ぶれもなく、取調室のドアが開いた。

背広姿の若い男が、ドアの向こうに立っている。彼は、浚介を見て、目だけで小さくうなずき、自分の背後を振り返った。

「おい、早く立て。いまトイレに行かないと、またしばらく出られないぞ」

「うるせえなぁ」

ふてぶてしい声がして、側頭部の髪を刈り上げ、頭頂部分の髪を豹《ひょう》の模様に染めた少年が現れた。眉《まゆ》を剃《そ》り、片側の耳には髑髏《どくろ》をデザインしたピアスをしている。

浚介は少年の顔を見つめた。全体の感じが、公園のベンチから見上げたときのシルエットに似ている気がする。

「なんだよ、ジロジロ見てんじゃねえよっ」

少年が、浚介を睨《にら》んで、ぶつかりそうな勢いで向かってきた。

どこもさわられていないのに、心臓の上を殴られたような、強い胸の痛みを感じた。数人の若者に囲まれたときの恐怖が、実際の体験より増幅された形で迫ってくる。

自分の鼓動以外、何も聞こえなくなり、目の前の少年の顔も白くかすんだ。

「大丈夫ですか、どうしました」

何度も声をかけられ、ようやく視界が戻った。廊下の床がすぐ近くに見える。目を上げると、しゃがみこんでいた彼の脇《わき》に、背広姿の中年男性が立っていた。浚介を呼び出し、容疑者の確認を求めた刑事だった。先ほどの少年の姿はどこにもない。

金縛りが解けたように、壁に手をついて立った。軽く咳払《せきばら》いをして、声が出せるかどうか確かめてから、

「少しめまいがしただけです。もう大丈夫です」

「奴《やつ》の顔を見ましたね。髪の感じとか、全体の雰囲気はどうです。声に覚えはありませんか」

刑事が訊《き》いた。

浚介のなかで、恐怖が引いてゆくのに代わり、怒りに似た感情がこみ上げてきた。額の傷は、抜糸も終え、いまはもうわずかな痕《あと》が残るだけだ。痣《あざ》やかすり傷も消え、ひと月あまり前に数人の人間に襲われた事実は、外見上ではわからなくなった。なのに、少し脅された程度で身がすくみ、動悸《どうき》が激しくなって、何もできなくなる。

今日だけのことではなかった。

病院内では、まだ大きなストレスは感じずにいた。だが、いざ退院してみると、人ごみを歩けなくなっていた。繁華街の手前で足がすくみ、若い男の集団を見ると、動悸がした。混んでいる電車にも乗れず、タクシーでホテルに戻るしかなかった。

退院して一週間後、彼は恐る恐る登校したが、学内の男子生徒の一団に対しても、同じ不安を感じた。授業の場合は問題ないが、休み時間や放課後に、男子生徒が四、五人集まっている姿や、並んで歩いてくる場面に出くわすと、心臓のあたりに痛みを感じ、逃げるようにその場を離れた。

怪我《けが》を負わされたことや、金を奪われたことよりも、そうした状態に追い込まれたことのほうが悔しかった。事件のことを忘れようと試みたが、もともと記憶があいまいだったために、忘れようとする行為が、かえって記憶を作ってしまい、ゆがんだ形で彼のなかに固着してしまったようだ。

「相当なワルでしてね。恐喝や万引きで何度も補導されてるが、少しも懲《こ》りない。被害者の気持ちなんて、これっぽっちも考えない奴です」

耳もとで、刑事が言った。彼は、浚介の顔をのぞきこむようにして、

「どうです、奴でしょ？」

ええ、あいつです。

浚介はそう答えたくなった。確証などない。顔など、暗くて本当は見ていない。だが、自分はこんなに苦しんでいるのだから、誰かがその罪を償うべきだった。実際に彼かもしれないのだ。

「奴の親は、元暴力団の構成員でしてね」

刑事が冷ややかな口調で言った。「ああいう手合いは、将来、ほとんどが監獄暮らしですよ。人を殺しても、被害者に謝罪なんてしやしない。捕まった運のなさを嘆くのがせいぜいでね。結局は、育ちで決まるんですな」

浚介は言いかけた言葉を止めた。喉《のど》にいがらっぽいものを感じる。

「……べつに、決まりませんよ」

つぶやきが洩《も》れた。

相手が、妙な顔で浚介を見つめ返す。聞き違いとでも思ったのか、

「べつに主犯でなくても、構わんのですよ。一緒にいた仲間のなかにいればね。あとは、芋づる式に引っ張ってきますから」

浚介なりにうまく相手に説明したかった。

育った環境を引きずる者ばかりではなく、悪かった環境を糧《かて》にしたり、バネにしたりして、自分をよく変えられる者だっているはずだということを……。

だが、襲った相手をかばっていると思われそうで、言葉が出てこなかった。喉のあたりに感じるしこりを、ようやくのことで呑《の》み込み、

「……わかりません」と答えた。

「なんですか、もう一度」

「襲った連中のなかに、いまの彼がいたとは、言えません。はっきりしません」

刑事は、自分の耳の穴に小指を入れた。不機嫌そうに、耳垢《みみあか》をとるしぐさを見せ、

「じゃあ、奴はやってない、ってことになりますよ。いまのところ、あなたを襲ったと見られる者は、奴以外には見つかっていない。あなたの証言がないとすると、まあ、

残念だが、あなたを苦しめた連中は、当分見つからない可能性もあります」

あいつだ、自分でなくても、きっと別の誰かを襲っている、罰したほうがいい、氷崎游子も言っていた、罰するのは更生のきっかけになる、彼は人の痛みがわかるようになるべきだ、だから言おう、彼です。

「いまの段階では、彼があの場にいたとは、どうしても言い切れません」

浚介は答えた。すぐに後悔した。だが言い直す気にはなれなかった。

警察署は免許証の書き換えのためにだけ訪れる場所だった。なのに、四月末からもう三箇所の署から呼び出されている。芳沢亜衣が保護された練馬署からは、あれ以降連絡はない。杉並署には、強盗にあったことを知らせていないが、何も言ってきていない。たぶん同じ警察でも、連携が常にあるわけではないのだろう。豊島署のほうでは、彼が麻生家の事件と関係があることは知らない様子だった。

豊島署を出たあと、外で昼食をとり、学校に出た。学校側も、彼が麻生家事件の第一発見者であったことを、いまも知らない。浚介は話さなかったし、杉並署もわざわざ発見者の職場に出向くことまではしなかったのだろう。彼はいまもビジネスホテルから通勤しているが、学校側は強盗にあって不安なのだと思っているようだった。

浚介は、職員室で型通りの報告をして、午後の授業から出た。三年生のクラスだっ

た。受験を控えた生徒には、いつもどおり自習を許し、教室の前方に置いたモニター
で美術番組のビデオテープを流した。
ルーヴル美術館の名作を紹介するビデオだった。『ミロのヴィーナス』や、ダ・ヴ
ィンチの『モナ・リザ』、ルーベンスやレンブラントら巨匠の作品が次々に紹介され
てゆく。そして、ジェリコーが十九世紀初めに描いた『メデュース号の筏《いかだ》』が画面に
大写しになった。
船が難破し、筏に乗って漂流する乗組員たちの姿が、ロマン主義の劇的なタッチで
表現されている。嵐《あらし》の海のまっただなかで、画面左には、息絶えた人と絶望している
人を配置し、中央に瀕死《ひんし》の人々を……画面右には、遠方にわずかに見える船に向けて、
白い布を振って合図を送る、希望に満ちた人々の姿を描き分けている。中学や高校の
美術教科書にはほとんど掲載されている、有名な絵だ。
浚介は、中学一年のとき、美術の教科書で見て以来、この絵の残酷さにひかれてい
た。ことに死者のリアルな描写に、暗い魅力を感じた。画家は、死体置場に通って、
何枚もスケッチを重ねたという。その話に、表現者の凄味《すごみ》を感じ、自分も美術を目指
したいという意志が芽生えた。以後、様々な芸術に出会い、もっと好きな絵、もっと
すぐれていると思う作品も見つかったが、原点として、この絵は彼のなかにある。

「遭難者たち」と勝手に覚え、美大でも正式な名前で呼んだことはない。

だが、現実に死体というものを目のあたりにしたいま《ま》、浚介はこの絵をもう正視できなかった。筏から海にずり落ちてゆく死体の生々しさが、あの部屋の情景を思い起こさせる。

浚介は、ビデオを止めることはおろか、モニターに近づくこともできなかった。教室の隅に下がり、眠っているふりをして、ビデオが終わるのを待った。

この日の最後の授業は、一年生のクラスで、芳沢亜衣が生徒のなかにいた。亜衣には友人が何人かできたらしく、数人のグループのなかで笑顔を見せている。パステルで静物画を描く課題を与えたが、彼女は友人との会話に夢中で、真剣に取り組む様子はなかった。警察に保護されるような、重い悩みを抱えていたとはとても思えない。

浚介は、亜衣の背後に回って、絵をのぞいた。狂おしい肖像画のこともあり、多少は期待したが、彼女が描いているのは柑橘類《かんきつるい》の模型で、しかもまだほとんど形にもなっていない。

「もっとまじめに描きなさい」

浚介は亜衣たちのグループに注意した。

亜衣は、友人たちと顔を見合せ、肩をすくめて、くすくすと笑った。ただし、彼女は授業の最後まで浚介のことを見なかった。

授業後、美術教室を掃除していると、窓の外にパクさんの姿が見えた。しばらく彼女の姿を目で追った。今日も誰かの命日なのだろうか。パクさんはまた誰かのために祈るのだろうか……。

だったら、自分も一緒に祈りたいような心持ちだった。

しかし、パクさんは花壇の手入れをはじめ、誰かに祈るようではなかった。

浚介は、帰り支度をすませてから、職員室に戻った。

「巣藤先生、よろしいでしょうか」

恋人の清岡《きよおか》美歩《みほ》から、外行《よそゆ》きの声で呼ばれた。彼女は白いブラウスと紺色のスカートという職場用の服装をし、髪も後ろにまとめて、髪止めは簡素なものを使っている。

「巣藤先生、生徒指導補佐のお立場から、このあとの家庭訪問に付き合っていただきたいんですけれど、お願いできますか」

「あ、こんな時期に家庭訪問ですか」

浚介は戸惑いを感じた。

美歩が、不審げに彼を見て、

「昨日、職員会議で決まったでしょう。聞いてらっしゃらなかったんですか」

言われて、彼も思い出した。会議といっても、理事や校長のあいだで決められた事項が、職員に言い渡されただけのことだ。長期休学者や、欠席の多い生徒に対し、担任らが家庭訪問をおこない、改善が望めないと判断された場合、生徒に自主退学を勧める……拒否されたおりは、学校側が期限を決めて、退学を申し渡すという。この学校は、もともと不登校の生徒には冷たかったが、麻生家の事件など次々と起きている少年問題の影響からか、いっそう厳しく対応する方針のようだった。

美歩が訪ねる生徒は、実森勇治《さねもりゆうじ》と言い、二年の秋から、八ヵ月ほど学校を休んでいた。美術の点数はまずまずだったらしいが、名前だけでは、よく思い出せない。

かつては富士山も眺望できた町であることを示す名前の駅から、南にしばらく下った住宅地に実森家はあった。こぢんまりした二階建ての民家で、狭いながら庭もある。門に取り付けられた郵便受けに、『実森』とマジックのようなもので書かれた名札が入っている。古いものらしく、にじんで薄く消えかかっていた。

応対に現れた実森勇治の母親は、四十代後半のやせた女性で、顔色が悪く、目が落ちくぼんで見えた。上がり框《かまち》に正座した彼女に、美歩と浚介はたたきに立ったまま挨《あい》拶《さつ》した。母親は、恐縮した様子で頭を下げ、なかに上がってくれと盛んに勧めた。

美歩が、それを丁寧に断って、

「勇治君は学校に来られそうですか。いつ頃来られそうでしょうか」

彼女はかたくななほど、そのことばかり繰り返し訊《たず》ねた。

母親は、泣きだしそうな表情で、あの子も頑張ってるし、自分たちもいろいろと話しかけてはいるのだが……と、つぶやくように言って、どうかお茶だけでもと、ふたたび二人に勧めた。懸命な印象を受けた。

美歩は、まだほかに行くところがあるからと断り、このまま休学状態がつづくなら、いったん学校を離れることも考えてはどうかと勧めた。

「違う学校や別の進路で、自己の可能性を試すのも、ひとつの生き方だと思います」

母親は、それを聞いて、二階を見上げた。

「あの子には、先生のほうから、いまのようにおっしゃっていただけませんか」

美歩は、かわすように軽く会釈《えしゃく》をし、

「本日は、ご様子をうかがいに上がっただけですので。進路のことについては、ご家族でよく話し合われてください。決まられましたら、お電話で充分ですので」

彼女は、あくまで柔らかな口調で言い、相手の言葉を待たずに後ろへ下がった。

浚介も、仕方なく後退し、玄関から外へ出た。美歩がすぐに彼の腕を取り、引っ張るようにして実森家から遠ざかる。

浚介が、気になって振り返ろうとすると、

「早く歩いてよ」

美歩がさらに彼の腕を引いた。

大通りに出たところで、美歩は浚介の腕を離した。彼女は、無言で歩きつづけ、駅前のゲームセンターの前で足を止めた。何を思ったのか、なかに入って、ゲームを始めた。からだを使って遊ぶゲームばかり、息をつく暇もなく彼女はつづけた。

浚介は黙ってつきあった。三十分後、ようやく美歩はゲームをやめ、喉が渇いたと言った。

近くに喫茶店が見つからず、ファミリーレストランに入って、浚介はコーヒーを、美歩はグレープフルーツジュースを頼んだ。外はいつのまにか暮れ、薄汚れた窓越しに、車のライトが流れてゆくのが見える。

美歩が、ジュースを飲み干してから、髪止めを外し、まとめていた髪を下ろした。

「こんなのだとは思わなかった」

彼女がため息まじりにつぶやく。おっくうそうに髪をかき上げ、

「テレビドラマもよくないよ。学園ものって、感動的なことばっかりやるんだもん」

そういえば、彼女がなぜ教師になったのか、浚介は聞いたことがなかった。

「ドラマを見て、教職を選んだのか」

美歩は、彼のほうを見ずに頬づえをつき、

「中学の頃、学園ドラマって好きだった。生徒と教師が心をぶつけ合ってさ、憧《あこが》れちゃったよ。でもドラマみたいな事件、現実じゃ起きないし、実際に起きたら、一教師がどうこうできるものじゃないのよね。学校の運営ひとつとっても、沢山の人間が関わって、生徒と教師が魂をぶつけ合うなんて無理なシステムでしょ……めげるよ、本当」

彼女は、疲れたように瞼《まぶた》を指で押さえた。

浚介はコーヒーに口をつけた。香りがほとんどしない。

「あのままに、しておくのか」

美歩が目を開いた。

「何が言いたいの」

浚介が答える前に、「自分はずっと黙ってたくせに。あなたなら、実森君のお母さんになんて言うの。学校の決定事項を伝えるほかに、その場限りに終わらない、どんな言葉をかけられた？」

「生徒と……話くらいできたんじゃないか」

「部屋から出ないのよ。誰とも会おうとしないから、親御さんは困ってるんでしょ」

「だったら、部屋の外からでも」

「あの子が前になんて言ったか、知ってる？　親御さんから電話で聞いたの。家に火をつけるって言ったんだって。小学校から高校まで、学校にもいじめを受けた仕返しに火をつけて回るって……。そんな子に、わたしたちが何をできるの。わたしたちを家に上げたことで、あとから親御さんに暴力をふるう可能性だってあるでしょ。責任とれる？　だいたい、いま言ったようなこと、あなた一度だって実践した？」

浚介は返事につまった。答えるまでもないことだった。

「実森家にいまから戻って、生徒と話してきなさいよ。あと、長期休学してる生徒のリストを渡すから、全部回ってくればいいでしょ。そのとき生徒とは何を話すの？　どう話をすれば問題が解決するのか教えてよ」

「ちょっと、思っただけだ。あのままでいいのかって……」

美歩が疲れたようにソファに背中を預けた。

「いっつもそう。思いつきばっか。家庭の問題は放っておけって言ってなかった？　アンゴラでは、シエラレオネでは、いやみたっぷりに言ってたくせに……。偉そうなことを言う前に、身近なところの責任を、しっかり取るようにしてよ」

身近な責任とは、彼女のことだろう。浚介は、彼女と早く話をつけなければと思いながら、麻生家のことがあり、また自分も襲われて、時間が過ぎてゆくことを恐れながらも、つい先送りにしてきた。いまも、逃げだしたい想《おも》いのほうが先に立つ。だが、ひと月あまり前なら、へらへら笑ってやり過ごそうとしたはずが、いまは我慢して、ちゃんと話せと自分を縛るものがある。

「確かに思いつきで話したのは、悪かった。けど、自分なりに、不登校の生徒のことを、もう少し考えてみたいとは思ってる」

美歩が意外そうに顔をしかめた。

「なんなの急に。殴られた後遺症？」

かもしれない。傷の後遺症ではなく、別のものだろうが、何かは自分でもよくわからない。

「いつまでホテル暮らし、つづける気」

美歩が訊いた。

浚介は、まずいコーヒーを飲み干して、

「もう出るよ。貯金も底をついてきたし」

「戻るの、あのアパートに？」

浚介が麻生家事件の第一発見者だということは、美歩にも教えていない。だが隣の家でひどい事件が起きたということは、ニュースを見て、さすがに知っていた。

「どこか探すよ。物件を探す余裕がなくて、ずるずる来ちゃったけど」

「だったら……一緒に住むことを考えてよ」

美歩が思い切ったように口にした。この際、言うべきことは言っておこうと思ったのか、浚介のほうへ身を乗り出し、

「母は、会いたいって言ってくれてるの。正式じゃなくても、授業の相談に来るって感じでいいと思う。母とは友だち感覚で言いたいこと言い合ってるし、父親は威厳あるみたいなこと言ってるけど、万事に甘くて……」

「おれはまだ絵をあきらめたわけじゃない」

浚介はさえぎるように言った。

「あきらめろなんて言ってないでしょう。教師しながら、描きつづければいいじゃない。わたしだって、しばらく仕事をつづけるつもりだし、生活はなんとかなるよ」

「生活が、どうこうじゃないんだ」

「じゃあ、何。まだ遊んでたい？　ほかに誰かいるの？」

「つまらないことを言うな」

浚介は、吐き捨てるように答えながら、一瞬なぜか氷崎游子のことを想った。すると、

「ヒザキって女、誰?」

美歩にいきなり訊かれ、相手を見つめ返した。

「学校に電話があった。わたしが受けたの。聞きたいことがあるから、時間のあるときに連絡してほしいって。どういう人?」

浚介は、ようやく事情を理解し、

「ああ。児童相談センターの職員だよ。芳沢亜衣が警察に保護されたとき、彼女もちょうど警察署にいて、芳沢と話してるんだ。だから気にかけてくれてるんだろう」

「あなたの怪我《けが》のことも知ってたけど」

「……警察で聞いたのかな。警察と児相は、よく連絡し合うらしいから」

美歩が無表情で空のはずのジュースを飲もうとした。ストローの下で、氷がからからと回る。

「ねえ。今度の日曜でどう?」

彼女は、ストローで氷を回しながら、「同僚が、授業の相談に来るって紹介しておく」

浚介は目をそらした。夕飯時《どき》を迎え、周囲には少しずつ家族連れが増えていた。幼児を連れた夫婦や、若い家族に祖父母が加わった席もある。

「家庭なんて持つ必要があるのか」

つぶやきに近い言葉が、しぜんと洩《も》れた。

美歩が呆《あき》れたように吐息をつく。

「必要とかじゃなくて、結婚して、子どもを育てて家族をつなげる……昔から人間がやってきたことでしょ。いいかげん大人になったら？」

浚介は、こみ上げる苛立《いらだ》ちをこらえ、

「家庭を持てば、大人なのか」

「世間はそう見るの。家庭を持って、家族に責任を持つのが、一人前の大人だって」

「じゃあ、一人前の大人が、幼い子どもを殴ったり殺したりしてるわけか」

「極端なこと言わないでよ。そういう家庭は一般的じゃないでしょう」

「どういうのが一般的なんだ」

「夫婦が愛し合って、子どもを立派に育てて、マイホームを持って、家族が互いに信頼し合ってる……そういうのが一般的でしょ」

「日本中捜して、どのくらいそんな家庭があると思ってるんだ」

「いっぱいよ。そんな家族ばっかりだもの。だから一般的って言うのよ」

「だったら、一般的な家庭じゃ、親の都合で、子どもの人生がゆがめられるケースは皆無なのか。子どもは親を選べない。暴力をふるう親なんて極端な場合じゃなくても、価値観の狭い親のもとに育ったばかりに、人生を否定的に生きることはあるだろ」

「詭弁《きべん》よ、そんなのは」

周囲の客がこちらをうかがう気配があった。

だが浚介は、声をもう抑えられなくなってしまい、

「どの親だっていい、訊いてみろよ。子どもの持っている可能性の芽を、まったく摘んでこなかったと言えるのか。責任だなんて、軽々しく言えるのか。結婚して家庭を持つのが大人だなんて考えを、常識ぶって押しつけてくるほうが、よほど詭弁だ」

「家庭を持って、成長してゆく場合もあるでしょ。子どもと一緒に、親が大人になっていくことだって、あっていいはずよ」

「子どもを犠牲にするだけの場合もある」

「だったら、気をつければいいじゃない」

浚介は口を閉ざした。理屈をつければ、いくらでも言い返せる。だが、しょせんは表面的な言い訳を繰り返しているだけだと、自分でもわかっていた。

「……自信がないんだ」

恥ずかしさに耐え、そう言うほかなかった。喉《のど》の奥からしぼり出すようにして、

「おれには、家族を持つ自信がない。子どもを育てる自信が、全然ない」

はっきり言えば、怖かった。自分が親のようになるのが怖い。注意しても、無意識に影響があらわれ、親にされたことを、子どもに繰り返すのではないかと不安だった。

だが、美歩には、自分の親のことや、子どもの頃に経験した家庭内の出来事は、話す気になれない。そんな家に育ったことを軽蔑《けいべつ》されたくないからか……あるいは、あんな親でも、悪く言われたくないからかもしれない。

「お腹《なか》が、大きくなってくるのよ」

美歩がかすれた声で言った。

生命という現実に、圧倒される気がした。どんな理屈で自分をおおってみたところで、あっさりと肉体の機能、生きものとしての生存の力にひっくり返される。

その力に、耐えがたいほどの息苦しさをおぼえ、冷静に考える余裕もなく、

「……堕《お》ろしてくれ」と、口にした。

美歩が目を見開いた。彼女は、何か言おうとして言葉にならなかったのか、グラスをつかんで、なかの水を浚介にひっかけた。そのままバッグをつかんで席を立ち、振

り返りもせず店を出ていった。

浚介は、周囲の客の視線を感じながら、濡《ぬ》れた顔を手でぬぐった。水道水のいやな臭《にお》いが鼻をつく。自分の内側からしみ出した臭いかもしれないと思った。

【六月十五日（日）】


日曜日の銀座、地下鉄の改札口を出てすぐのところに、氷崎游子は立っていた。

地下のショッピング街とつながっていることもあり、さすがに休日の午後は、多彩なファッションに身を包んだ人々で混雑している。赤、白、黒、青、オレンジと……様々な色彩の渦のなかに、一人の人を捜していると、めまいを起こしそうになる。

約束の午後一時から、もう四十五分も遅れていた。以前は時間に厳格な人物だった。仕事であろうと、オフであろうと、約束の十分前には、決められた場所に来ていた。

もう二度と会わない。そう、お互いに決めてから、二年半の月日が流れている。相手から電話があり、游子はためらったが、押し切られる形で会うことにした。かつて待ち合わせに使っていた所で、昼食でも一緒にと、時間も相手が決めた。

その人の妻が、昨年亡《な》くなっている。喪失の重みが、人を変えることはある。時間に対する観念が、多少変わったのかもしれない。

携帯電話の番号は教えられていたが、いま掛けるのは、会いたいと、こちらが催促しているようで、ためらった。相手も、彼女の携帯電話の番号は知っている。遅れるなら、連絡があるはずだ。相手の気が変わったのなら、それはそれで、ほっとする。肌を守る基礎化粧以外の、いわゆる見せるメイクを、游子はずっとしていなかった。心身に何かしら傷を負っている子どもには、ときに化粧は嫌われる。今朝、目もとにラインを入れるとき、久しぶりなこともあってか、指がふるえた。いまさら……と、途中で放り投げそうになった。こだわる必要はない、ただの礼儀だと自分に言い聞かせ、なんとかメイクを最後までおこない、パンツスーツを着た。靴もスニーカーというわけにはいかず、パンプスをはいた。そのため左脚に負担がかかっている。

じきに一時間が経《た》つ。大勢の人が改札を抜けてくる。この一団のなかに待ち人がいなければ、帰ろうと決めた。直後に、見覚えのある顔が人波のあいだに見えた。

男はしきりに下を見ている。人の壁が切れ、彼が小さな男の子と手をつないでいるのが見えた。何やら男の子に言い聞かせている。相手のそうした姿を見て、游子は動《どう》悸《き》がしぜんとおさまった。男と視線が合ったときには、素直に会釈《えしやく》ができた。

男の目に、申し訳なさそうな表情が浮かんでいる。子どもが一緒なのは、彼も望まなかった事情だと、游子は察した。

「どうも、ひどく遅れてしまって……」

男が手のひらで汗をぬぐう。

「こんにちは、お久しぶりです」

游子は頭を下げた。

「こんにちは。幸彦《ゆきひこ》、こんにちは、は？」

男が、半ズボンと白いシャツを着た男の子に言った。

男の子は、ずっと游子のことを怒ったような目で見ていた。確か五歳になるはずだ。

游子は、ゆっくり膝《ひざ》を折り、男の子と同じ目の高さになって、

「こんにちは」と、ほほえみかけた。

男の子は、どうしていいか迷っているようだったが、泣きそうになって、急に顔をそむけた。

「一緒に行くと言って、きかなくてね。駅まで追いかけてきて、改札で泣きだしたんだ。電車のなかでもぐずって、電話をかける余裕もなくて……とにかく申し訳ない」

「パパといつだって一緒にいたいのよね」

游子は男の子へ言った。

男の子は顔をそむけたまま、わざと聞こえないふりをしているようだった。

游子は、左膝に注意しながら立ち上がり、男と向き合った。相手は白髪が増え、目《め》

尻《じり》の皺《しわ》も深くなっている。顔全体の皮膚が荒れ、剃《そ》り残された髭《ひげ》もあった。かつては姿勢よく胸を張って歩いていたのに、肩が落ち、白いポロシャツに灰色のジャケットをはおった姿が妙に頼りなげに見える。嫌悪《けんお》も、別れてよかったというような、ゆがんだ勝利感めいたものもなく、ただ悲しかった。思わず相手の頰にふれそうになった。

男がまぶしそうに目を伏せた。

「ともかく、どこかに入ろうか」

游子は、あやうく伸ばしかけた手で、自分の短い髪を耳の後ろへかき上げた。

子どもの足を考え、近くのデパートに入った。高層階にレストランがある。エレベーターに乗る際、混んでいたため、游子は男の子と手をつなごうとした。男の子は手を後ろに回し、彼女に取らせなかった。

午後二時を回ったこともあり、店はどこも空《す》いていた。お子様ランチもある洋食レストランを選んだ。三人は、街の景観を見渡せる窓際《まどぎわ》のテーブルに案内された。

「お腹《なか》が、ずいぶんすいたね」

男が、息子へか、游子へか、どちらとも取れる言い方をして、メニューを広げた。

「幸彦くんは、何が好きなの」

游子は男の子に訊《たず》ねた。

「たべたくない。かえりたい」

男の子は、床につかない足を宙で振った。

男が、彼をたしなめ、おとなしくすると約束しただろと言った。

「パパは、このお姉さんとお仕事の話があって来たんだよ。そう言ったろ？」

「おやすみなのに、どうしておしごとなの」

男もかつて児童相談センターに勤めていた。游子が心理技術職員として入ったとき、相談処遇課長だった。いまは都庁内で、保健衛生の仕事にたずさわっているはずだ。

「お姉さんは、大勢の子どもたちのためにお仕事をしてて、日曜日にしか時間が空《あ》いてないからさ。無理を言って、来てもらったんだよ」

游子は窓の外へ目をそらした。似たような嘘《うそ》を、男は妻にもついていたのだろうか。

そう思うと、胸が苦しい。

「ちょっと手を洗ってきます」

游子は、席を外して洗面所に進み、鏡の前で気を鎮《しず》めた。

相手の家庭のことは、初めから知っていた。だからこそ、気安く話せた。心理学における議論を、職場だけでなく、居酒屋でつづけるということも、恋愛感情を抜きにできた。

独身の男たちは、ちょっとした彼女の言動にも大げさに反応し、彼女の前で安定感を欠いたふるまいを見せた。思春期の頃から感じている社会への違和感を、彼らが体現している気さえした。彼らはきっと女性とのセックスを、「モノにする」という言葉で表現するだろう。女性蔑視《べっし》というレベルにとどまらない、この国をおおっているゆがんだ価値観が、そうした言葉に象徴されていると、彼女は考えつづけてきた。力を持つ誰かが、他者を自分のモノ、自分の所有物と考えて、自己の欲求や都合を押しつける……。これが男女の問題にとどまらない、家族をはじめとした人間関係、経済活動や犯罪、そして世界の主たる国々の外交にいたるまで、あらゆる言動の根っこにある価値観を成していると、游子は中学の頃に気づき、強い嫌悪感を抱いた。おれの女だ、お母さんの子でしょ、わしの娘だ、わが校の生徒なら、わが社の社員だから、国民の一人として、同盟国の一員であるならば……。日々の暮らしやニュースのなかでも、映画やテレビや漫画、子ども向けの本などの表現においても、彼女が違和感をおぼえる言い回しがあふれていた。

そして、この表現には長い歴史があるために、疑問を抱くことさえ、悪いか、風変わりか、もしくは妙な思想にかぶれたかのように思われる傾向があった。

游子の違和感は、思春期には必然的に家族に向かった。両親に対して、ことあるごとに反発した。それに怒った父親は、「いやなら家から出ていけ」と怒鳴った。ぶたれたことも何度かある。游子は非行には走らなかったが、反抗心は抱きつづけ、行動としての非行よりもそれは持続した。

心理学を勉強し、哲学的な書物や、芸術を好み、思索によって内面の自由を拡《ひろ》げた。アルバイトで学費を稼いでいた大学時代、同い年の少年と出会った。彼は、十六歳で家出をし、街角でギターを弾きつつ、短期のバイトで暮らしていた。少年は游子を「おれの女」とは呼ばなかった。だが、二人とも若かったため、感情も肉体も交わしながら、どう互いの存在を所有せずに尊重できるか、つねに迷っていた。寂しさを感じ、嫉妬《しっと》に苦しみ、互いに遊びではないのかと、喧嘩《けんか》を繰り返す日々だった。それでもどうにか互いを信じて、それぞれの道を進めるかもしれないと思ったとき、年上の女性が「あなたの子よ」と赤ん坊を抱いて、少年の前に現れた。彼はその相手と結婚した。迷っていた彼の背中を押したのは、游子だった。

「あなたの子でしょ。男らしく責任を取りなさいよ」

嫌っていたはずの言葉を、つい口にした自分に腹が立った。ただ彼が、游子より子どものほうを選んだ、その選択自体には怒りをおぼえず、せめてもの救いだった。

以後しばらく、游子は何をするのもおっくうになった。ある夜、同じバイト先で働いていた少女から、游子が心理学を学んでいると知ってだろう、「親に虐待《ぎやくたい》されていたんです」と打ち明けられた。笑顔を浮かべながら、なんでもないような口調での告白だった。いまは立ち直ったのだと思い、「頑張って」と励ました。少女がほほえみ返してきたため安心し、それ以上踏み込むこともしなかった。翌日、少女が自殺を図ったことを、游子はバイト先で知らされた。強い雨が降っていたが、当時乗っていたスクーターを、少女が運ばれた病院へ走らせた。気持ちの乱れもあってだろうか、雨でタイヤがすべり、ガードレールにぶつかった。道路に投げ出され、左膝の上にスクーターが落ちてきた。

少女は命はとりとめたが、その後すぐに引っ越してしまい、どこへ去ったかはわからない。いまも彼女のことでは罪悪感をおぼえ、つい子どもの問題にむきになる原因の一つになっている。

游子は手術を受け、歩けるようにはなった。一方で、膝に人工物が残された。体内の異物は、いわば象徴的に、罪の意識と違和感とを、ともに抱えて生きることを意識させる。

退院後、あらためて心理の勉強に取り組み、資格も取り、就職した。上司となった男は、彼女を評価してくれた。心理学や精神医学関係の彼女の意見を、チーム全体の方針にも取り入れてくれた。

男は、資格者ではなかったが、児童相談センターに配属されて以後、懸命に子どもの福祉について勉強していた。一方で、社会の偏見や法律上の問題に阻《はば》まれて、子どもを思うように救えないことに苦悩していた。

その姿に、游子は敬意を抱いた。世界に対する違和感を、唯一《ゆいいつ》話せる相手に思えた。価値観を共有できる相手の前で、そっと心の鎧《よろい》を解き、「疲れたよ」と打ち明け、相手からは「大変だったな」と背中を撫《な》でてもらいたい……そんな子どもめいた願いが高じていた時期だったのかもしれない。

游子は、デパートの洗面台の前で深呼吸をし、自分を保てる自信が湧《わ》くのを待って、席へ戻った。左足が疲れていて、いつもより引いてしまう。

「もう何にするか、決まりました？」

メニューを閉じていた親子に、笑顔で話しかけた。

男の子が、ずっと游子の足を見ていたらしく、顔をゆがめて、

「へん」

と、彼女の左足を指さした。

「幸彦」と、男がたしなめる。

游子は、自分の席に着かず、あえて男の子の前で腰をかがめた。

「少し引きずって歩くから、変に見えたのかもしれないね。でも、ほかにも足を引いて歩いたり、杖《つえ》や車椅子《いす》を使っている人もいるでしょ、見たことない？」

男の子は答えない。だが、目を見て語りかける游子を、しっかり見つめ返してくる。

「わたしは、幸彦くんのようには歩けない。でもそれは、同じにできないというだけだよ。おじいちゃんやおばあちゃんは、子どもみたいに飛び跳ねられないよね。病気にかかってる人は、元気な人と同じ運動はできないし。生まれつき、走り回ることができない人もいる。でも、それは変じゃない。変って言葉が、変じゃない？」

男の子はじっと考えている様子だった。

游子は、相手を焦《あせ》らせず、言葉を待った。

男の子が口を開く。音が出るのを、彼自身が待っているかのようだ。

「パパも……ママと、おなじは、できないよ」

ひとつの単語を口にするのが精一杯の様子だった。何度も息継ぎをしては、

「ジイジも、バアバも……ママと、おなじは、できないよ」

男の子は、つっかえ、つっかえ言った。

「そうだね……誰も、ママの代わりはできないよね」

彼は、大人から泣かないようにと言われたのかもしれない。唇を懸命に閉じて、こみ上げてくるものに耐えていた。そのためか、鼻水が出てきた。

游子はハンカチを出し、彼の鼻を拭《ふ》いた。

「はい、チンして」

男の子が鼻をふんと鳴らす。游子はもう一度彼の鼻をぬぐった。

「そのハンカチ、こっちで洗ってから……」

男が声をかけてくる。

「いいんです」

男の子が、また游子の左足を指さした。

「いたくないの？」

游子はうなずいた。

「もう痛くないよ。でも、右足と同じようには動かないの」

「いやじゃない？」

「最初は、いやだったかな。なんとか動かしてやろうって、いろいろ試したの。でも、だめだった。だから、これも運命だって、受け入れることにしたの」

「ウンメイ？」

「神様の決めたこと、かな」

すると、男の子は目をそらした。

「かみさま、いない」と、ぶっきらぼうに言う。

その口調が気になった。

「どうして、いないと思うの？」

「いたら、ママをたすけてくれた」

男の子の母親は、心臓病で亡《な》くなった。もともと心臓が弱い人だったらしい。夕食の支度中に、子どもの前で倒れたという。目の前で母親が倒れ、どんなに呼びかけても二度と笑ってくれることもなく、そのまま帰らぬ人となってしまったら、時間も人の慰めも、どんな意味があるだろう。

游子は男の子の手を握った。彼の手には、どんな力も意思もこもっていない。

「本当だね。神様が、もしいるんだったら、ひどいね。ママのこと、大好きだったんだもんね」

男の子はじっと顔をそらしたままでいる。

「大好きな人、取っちゃ、だめよね。助けてくれなくちゃ、神様のいる意味、ないよね」

男の子の目から涙があふれてきた。游子は男を振り返った。男が察して席を立ち、子どもの前にしゃがんだ。とたんに男の子は父親に抱きつき、首筋に嚙《か》みつくようにして泣きはじめた。游子は、周りの客のほうへ、親子の壁になる恰好《かっこう》で立ち、頭を下げた。

結局、食事どころではなくなった。男の子が泣きやんでから、申し訳程度にジュースを頼んだが、誰も手をつけずに外へ出た。下へ降りる前、男の子はオシッコと言った。一人で大丈夫と言い張り、父親と游子を残す形で、トイレに入っていった。

「今日は、本当にすまなかったね」

男が言う。

游子は首を横に振った。

「声を出して泣けたことは、よかったと思います。お母さんを失った悲しみが、消えるはずはありませんけど……」

「注意していくよ。ふだんはもっとしっかりしてるんだ。今日も、昨日の夜までは、ちゃんと留守番できると言ってたんだが」

「奥様が知らせたんじゃないですか」

男が眉《まゆ》をしかめた。

游子は、彼から目を外して、

「悪いことはできないですね」

「よしてくれ」

「奥様、ご存じだったんじゃないですか」

「そんなはずはない」

「……わたしは、気づいていらっしゃったと思います。そのことは、心臓へも、影響があったんじゃないでしょうか」

感情を込めて語るのは、かえって亡くなった人への冒瀆《ぼうとく》の気がして、おだやかな口調を心がけて言った。

男の顔がさらに険しくなった。彼も同じように考えて、自分を責めたときがあったのかもしれない。

「その話はやめよう。いまさら責任を感じ合ったところで、欺瞞《ぎまん》になるだけだ」

游子はうなずいた。

男が、時計を見るふりをして、彼女を見ている気配が伝わる。

「相変わらずきれいなんで、どぎまぎした。妙な下心で言うんじゃない。正直、以前より美しいと感じた。大勢の子どもたちのために頑張っている姿勢が伝わってくる。

きみとは大きな差ができた気がするよ」

「買いかぶりです」

「こっちはもう全然やる気がなくてね。上からは、どやされてばかりだ。きみのほうは、児童虐待の件数が増えて、ますます大変だろう」

「無力さを感じる日々です。いまも、ひとりの女の子のことが気になっていて……でも、どうにもうまくゆきません」

駒田玲子については、養護施設へ送ることが検討されていた。父親の駒田は反対している。駒田は、馬見原に拘束《こうそく》されたあと、注意を受けただけで、放免されたらしい。だが電話で文句を言ってくるだけで、児童相談センターの設ける話し合いの席には着かず、いまも無職のままだった。職員のあいだでは、駒田が児相センターに不信感を持ったことについて、游子を責める声も上がっている。

「今日は休みのところを、悪かったね。しかも、ろくに話もできないままだ。よかったら、もう一度……」

男が言いかけたとき、游子の携帯電話が鳴った。相手が誰でも出る気にはなれず、電源を切った。大事な用なら、留守番録音に吹き込んでもらえるだろう。ちょうど男の子もトイレから出てきた。

三人は、エレベーターで地下の食料品売り場に降りた。子どものために、男がケーキを買った。惣菜《そうざい》を売っていた売り子が、游子たちを見て、

「奥様、今晩のご夕食にいかがでしょう」と、声をかけてきた。

「違いますよ」

游子は即座に答えた。隣に立っている男の子を見下ろして、

「こんないい子の、お母さんのわけがありませんよ。ねえ」

と、彼にほほえみかけた。男の子は黙っていた。

三人は、デパートを出て、地下街を歩き、地下鉄の改札口の前で足を止めた。

男の子は、父親のことを心配そうに見上げて、

「おしごと、もういいの」と訊《き》いた。

「今度また、あらためてにしようと思うんだ。どうかな」

男が游子を見た。

游子は、男の子のうなじを見下ろし、シャツの襟が曲がっていたのを直した。

「直接お会いする必要はないと思います。どうしても必要な場合は、お電話をいただければ、対応できると思いますので」

游子の言葉に、男の子が顔を上げた。

男が小さく息をついた。

「そうだね。会わずにすませよう」

男は切符を買いに向かった。

「バイバイ」

游子は、改札の前で、男の子に手を振った。

男の子も、手を振りかけて、何を思ったのか、彼女のもとへ駆け戻ってきた。彼は、游子の左膝《ひだりひざ》に小さな手でふれて、

「ごめんね」

とささやき、撫でてくれた。

游子には、もう痛みのない膝だったが、なぜかさっきまで痛んでいて、男の子の手によっていま痛みが消えたような気がした。

男の子は父親のもとへ戻り、二人はすぐに人波のなかに見えなくなった。

游子は、地上に出て、銀座の街を歩いた。通りすがりにギャラリーをのぞき、映画館のポスターを眺め、一時間後に家路についた。電車は空《す》いていた。座席に座って、車内広告を眺めるうち、涙が出そうになり、慌《あわ》てて席を立った。電話が入っていたのを思い出し、扉のそばで録音を聞いた。

「スドウです」と聞こえた。

巣藤浚介のことを思い出すのに、少し時間が要った。

「電話をいただいたそうで、いま電話しないと、また忘れる可能性があるので、思い切って掛けました。いただいたお電話は、芳沢亜衣のことだと思います。彼女は友だちもでき、笑顔で過ごしてます。今後も注意してゆきますが、ひとまず大丈夫だろうと考えてます。あと、このあいだ、病院まで来ていただいて、本当にありがとうございました。では」

着信記録で、相手も携帯電話だとわかったが、いまは掛け直す気になれなかった。

自宅の最寄り駅で電車を降り、下町のにぎやかな通りを抜けた。家まで百メートルほどの場所にある小さな公園の前に来たとき、ベンチに腰を下ろした母親と、車椅子に乗った父親を見つけた。

母は、ぐったりとした様子で、煙草《たばこ》を吸っている。父は眠っているのか、口をだらしなく開けていた。

父が倒れた三年前、男から離婚する、だから一緒に、と言われた。子どものことを理由に、游子は断った。離婚や夫婦の不仲によって悲しい想《おも》いをする子どもの姿を、職場でいやというほど見てきた。だが、彼女の決断に、倒れた父親のことなど、家族の事情が影響しなかったとは言い切れない。その後、父が退院して、游子も家に戻らざるを得なくなったとき、男とも会わないと決めたのだった。

携帯電話が鳴った。別れてきたばかりの男の名前が表示された。電話をつなぐと、

「今日はありがとう」と、男が言った。

「いえ……幸彦くんは、どうですか」

「疲れたんだろう、帰りついたとたん、眠ってしまった。電話したのは、説明だけでもしたいと思って。つまり、わざわざ来てもらったことの……」

「いいんです、そんな」

「いや、聞いてほしいんだ。情けない話で、恥の上塗りではあるんだが……家内が亡くなってから、ずっと放心状態がつづいてね。何も手につかなかった。しかし、子どものこともある。なんとか自分をどやしつけ、表面上はとりつくろってきた。そのうち、人に会いたいと切実に願うようになってね。中途半端《はんぱ》に友人と飲む形じゃなく、自分を理解してくれる人と、じっくり話をしたくなった。きみを思い出した。いや、きみしか思い出せなかった。身勝手を承知で、寂寥感《せきりょうかん》のようなものに負け、電話した。つまり……そういうことだ」

「ええ」

游子は短くしか答えられない。

「よこしまな心で言うんじゃないんだ。寂しいといっても、男女の、そういうことじゃない。仕事のことでも世間の話題でもいいんだ、話す時間が持てたらと……」

游子は目を閉じた。息をそっと整える。

「やはり、もうお会いできません。いま、それをしたら」

「……すがることになる？」

「過去に関わりのない人なら、いいのだろうと思います。胸のうちを相手に話すことで、喪失の痛みから立ち直ってゆける場合は多いはずです。でも、わたしだと……」

相手の返事はない。

「すみません、偉そうに」

「いや、わかるよ。ありがとう」

游子はもう言葉を返せなかった。

やがて、相手の吐息が聞こえ、

「じゃあ、さようなら」

本当にもう二度と会わないと決意した声音に聞こえた。

「……お元気で」

游子は電話を切った。ずっと登録したままだった番号も、その場で消した。

両親のほうへ歩み寄り、「お母ちゃん」と声をかける。

母が、顔を上げ、甘えた表情を見せた。

「ユウちゃん。日曜は、お父ちゃんの世話、変わってくれるって約束だよ」

「ごめんね。疲れた？」

母の隣に腰を下ろした。

父は目を閉じ、寝息をたてている。

「ごはん食わせろ、それがすんだら、オシッコだ、おむつはいやだって……。お父ちゃんの奴隷《どれい》で終わる一生だよ」

「本当だ。大変だね」

「それに、おじいちゃんまで、メシ食わせろって、やってきたんだから」

祖父は、父が半身不随になってから、近くにアパートを借り、独り暮らしをはじめた。息子が苦しんでいる姿を見たくないのかもしれない。

「ガールフレンドまで連れてきたんだよ。七十八歳。カラオケ教室で知り合ったんだって」

「いいじゃない」

「若作りの派手な服を着たばあさんだよ。食事をこっちに作らせて、味が濃いの量が少ないのと勝手なことを言ってさ。ユウちゃん、このままだと、お父ちゃんより、あたしのほうが先に逝《い》くからね」

游子は、財布から一万円札を出し、

「お父ちゃんは、わたしが連れて帰るから、駅前でパチンコでもしてきたら」

「日曜のパチンコなんて、出やしないよ」

母は、そう言いながらも金を受け取り、いま初めて游子の顔に気づいたらしく、

「あんた、お化粧してんの」

「友だちと同窓会」

「みんな結婚して、子どももいるんでしょ」

「独身者だけで集まったの。多いのよ、いま。四十過ぎて初婚とか、一生独身を通して、友だちと楽しく過ごすとか」

「そう……。いっそ幸せかもねえ。お父ちゃんがこんなになるなんて、思いもしなかった」

母がため息をついて肩を落とす。曲がったその背中を、游子は撫でて、

「ほら、フィーバー出してきてよ」

「スーパーでお寿司《すし》でも買って帰るから」

母が立った。スカートの裾《すそ》がめくれている。呼び止めて、直してやった。

自分が誰かを所有したり、誰かに所有されたりすることはないよう、気をつけている。だとしても、かつて赤ん坊のときには、自分の生存のすべてを頼りきり、成長したいまは、相手からすっかり頼られている家族を、所有が悪いの問題だのと、説得したり、切り離したりなど、できるはずもない。

「お父ちゃん、寒くない？」

父はやはり眠っているのか、返事はなかった。

父の口の端から垂れているよだれを、ティッシュでぬぐった。伸びている髭《ひげ》の感触が、指先に伝わる。固い髭だった。

「帰ったら、剃《そ》ってあげるね」

聞こえていないとわかっているからこそ、素直な気持ちで語りかけた。

【六月十八日（水）】

馬見原は、こみ上げてくるあくびを、あえて殺さず、逆に大きく声を洩《も》らした。杉並署の幹部連がいまいましげに彼を振り返る。馬見原はそしらぬ顔で、首の骨を鳴らした。

街の浄化運動推進のため、区議会議員が繁華街や路地裏などを視察する公式行事に、署員の多くが駆り出されていた。

十数名の議員の前後に、署員が警護につき、暴力団の排除や風俗店の取締りの成果を、幹部たちが説明する。さらにその周囲を、区の広報課員や、地域のケーブルテレビ局の取材スタッフが取り巻いていた。

午後二時からの視察では、もともと風紀に問題があるはずもないが、事前に署員が駆け回り、怪しげな場所は点検して、飲食店などには掃除を励行するよう言い渡してあった。しょせんは馴《な》れ合いの行事であることは、全員が承知している。

「しかし、何もないのもつまらないねぇ」

馬見原のすぐ前を歩いている、若手議員がため息まじりに言った。有名な代議士を父に持つ彼は、ケーブルテレビ局のカメラに手を振ってみせ、

「撃たれでもすれば、すぐ放送に使えるのになぁ。今度、誰か仕込んどいてよ」

取り巻きたちが、面白そうに笑った。

二世議員は、気をよくしたのか、

「いっそ狙《ねら》われるくらい、政策で締めつけてみるか。そのときはみんなが体を張って守ってくれるんだよね、映画のシークレットサービスみたいに」

彼が笑顔で振り向いたため、馬見原はまっすぐ相手を見て、

「そんな金はもらっちゃいないよ」

と、子どもに言い聞かせるように答えた。

二世議員は、周囲の目もあって薄く笑ったが、すぐ不機嫌そうに前に向き直った。

行事は淡々と進み、日が落ちる前には終わった。参加した署員は幹部からねぎらわれて解散となったが、馬見原は帰ることが許されず、椎村とともに、課長に呼び出された。

「今日の態度はいったいなんだいっ」

刑事課長の笹木が、デスクを拳《こぶし》で叩《たた》いた。馬見原より五つ年下で、ふだんは寡黙《かもく》な

男だが、刑事課の部屋中に聞こえる声で、

「若い者の手本になるべきあんたが、ああした態度は許せんよ。副署長は恥をかかされたと、えらい剣幕だ。厳重処罰もんだよ」

「申し訳ありません」

馬見原は口先だけで謝った。

「いまさら謝っても、仕方がない」

「署員全員が命をかけて守ってやると、あのボクちゃんに言い直してきますか」

笹木が、馬見原を睨《にら》みつけ、

「何が言いたいんだね」と、声を低くする。

「大名行列のお伴《とも》より、やるべき仕事があるってことです」

今日だけでなく、来日した外国要人の警備や、交通安全の集中取締りなど、署全体の行事がこのところ重なり、刑事課の捜査員はそれぞれ自分の捜査ができずにいた。

笹木もそれはわかっているはずだが、とぼけた顔で、

「何を言ってる。今日の議員警護こそ、やるべき一番の仕事だろ。青少年の非行もますます問題になってきている。指示があれば、手が空いてる者は、繁華街や交差点にどんどん立ってもらうよ」

「手は空いてません」

「なぜだい？」

馬見原は口をつぐんだ。

笹木の視線が椎村に移る。

「椎村、なぜ馬見原警部補は手が空いてない？　追うべき事件はとっくに片づいてるはずだろ」

「あの、それが……」

椎村が困って馬見原を見た。

「こっちを見ろ。椎村、まさか麻生家の事件じゃないだろ。あれは捜査方針がとっくの昔に出てる。書類の提出期限はいつだった？」

「はい。あの、九日前です……」

椎村が、馬見原を気にしつつ答えた。

「ほかの連中はとっくに報告書を渡してるから、あとは責任者がまとめるだけだな。一体どうなってると、検察も怒ってるんだよ、椎村よぉ」

「もう少し時間をください」

馬見原は悪びれずに言った。

笹木の顔が戻され、

「時間？　何のために」

「気になる電話があったんです」

笹木が大げさなほどため息をついた。

「椎村から聞いた。どっかの電話相談の家に掛かった、いたずら電話だろ？　麻生家を殺したとか言ったらしいが、そんな電話、下の受付に週に何本掛かってくるよ」

「すべての要素をつぶしておきたいんです」

「もう十分だ。うちはそれほど暇じゃない。おい、椎村」

「はい」

椎村が気をつけの姿勢をとる。

「犬や猫の死体が家の前に置かれてゆく事件は、どうなってるんだ。署長が、議員の一人から訊《き》かれたそうだ。苦情を申し立てた市民が何人かいる」

「あ、いまやってるところです」

「どう目星がついたかを聞いてるんだ」

「はい……繁華街やコンビニ周辺にたむろする少年に職質をかけ、少年係に補導歴のある連中の情報をもらい、と……いろいろやっていますが、いまのところまだ」

「指導係のベテランに、何を教わってるんだ。こういう小さな事件こそ、地域住民の安全な暮らしのためには大事なんだろ」

「申し訳ありません」

椎村がほぼ直角の姿勢で頭を下げる。

「馬見原センセイ。椎村君はこのていたらくですわ。あんたのつまらん勘のために、若い刑事が将来を棒に振ろうとしてまっせ」

「幼稚な議員のお守りをしても、若い刑事は成長しませんよ」

馬見原は突き放すように答えた。

「もういいっ。明朝、書類を検察に送る。今日中に麻生家事件の書類を提出しろ。署長も認めた、最後通告だ。破れば、懲戒を覚悟しろ。今日の不謹慎な言動については、署長や副署長と協議して、処分は追って申し渡す。以上」

笹木は、反論を許さぬ勢いで言い切って、足早に部屋から出ていった。

馬見原は自分のデスクに戻った。成り行きを見守り、息をひそめていた周囲の署員も仕事にかかり、人の出入りも活発になる。

「申し訳ありませんでした」

椎村が、馬見原の脇《わき》に立ち、頭を下げた。

馬見原は、引出しから書類の入った封筒を出し、デスクの上に放った。

「おまえから出しとけ」

「……なんですか」

「送検書類だよ」

「え、でも、いいんですか……」

馬見原は、封筒を椎村の腹にぶつけ、

「ろくな聞き込みもできねえくせに、電話のことまでぺらぺらしゃべりやがって」

「すみません。そんなつもりでは……」

「最初はつまらん話でも、見守ってるうち、大事なネタに成長することもあるんだ。上司だからと、なんでも話してみろ。育つ前につぶされたら、二度と追えなくなるんだよ。親父《おやじ》から何も教わらなかったのか」

「……父は、退職後ずっと病気がちで、いまも入院しており」

「そんなことを聞いてるんじゃない。いいか、おまえとは二度と組まんからな」

「しかし、例の電話のことは」

「終わりだ。言われたろ。懲戒を食ってまで追いかける肚《はら》が、おまえにあるのか」

椎村が目を伏せた。

馬見原は、周囲がいつのまにか静まり、ふたたび自分たちを注視しているのに気づいた。床に落ちた封筒を拾い上げ、椎村の胸に押しつける。

「親父さん、だいぶ悪いのか？」

椎村は、目を伏せたまま封筒を受け取り、

「いえ……大丈夫です」

「親父さんに勲章を見せたいなら、別の奴《やつ》について、上司の命令も守れ。上に忠実なら、本庁推薦ももらえるさ」

馬見原は、椎村を残して、部屋を出た。

九州地方に季節外れの台風が接近しているらしく、東京も次第に風が強くなっている。上気した頰には、それがかえって心地よい。屋上に出て暮れゆく空を見ているうち、興奮もいくらか冷め、妻の佐和子が病院へ行く日だったことを思い出した。議員警護の仕事が早く終われば、病院へ迎えに行き、担当医の話を聞くことも考えていた。

だが、もう六時になる。さすがに佐和子も家へ戻っているだろう。ひとまず自宅に電話した。しばらく待ったが、彼女は出ない。

病院に掛け直した。受付から、リハビリ棟を管理しているナース・ステーションに回してもらう。電話に出た女性看護師は、「馬見原佐和子さん、今日は来られませんでした」と答えた。

馬見原はもう一度確認を求めた。長く待たされたあと、入院時に世話になった看護師長の、聞き覚えのある声が返ってきた。

相手は、叱責《しっせき》するのに似た口調で、佐和子が来ていないことを告げ、

「どうしたんです、馬見原さん。無断で休まれては困りますよ。決められた日時に来ていただくことも、治療なんです。本当にやっていけてるんですか？」

馬見原は、電話に向かって繰り返し詫《わ》びて、帰宅を急いだ。途中何度か自宅へ電話したが、やはり出ない。娘の真弓に、確認の電話を入れることも考えた。だが、佐和子が真弓のところにいるなら問題はなく、もし行っていなかったら……それこそ大騒ぎになりかねない。迷い、ためらいしているうちに、自宅に帰り着いた。

隣の犬は吠《ほ》えかかってこなかった。姿も見えない。馬見原は自宅の玄関戸に手をかけた。鍵《かぎ》は掛かっていなかった。

「佐和子っ、おい、佐和子っ」

大きく呼びかけ、奥へ進んだ。

佐和子は台所にいた。ピンクのエプロン姿で、包丁を握り、

「あら、おかえりなさい」と、ほほえみかけてくる。

馬見原は、不安を隠して近づいた。佐和子は魚のわたを取っているところだった。指先が血に汚れている。妙な錯覚をおぼえ、彼女の手から包丁を取り上げた。佐和子が、あっけにとられた顔で、彼を見つめ返す。

「どうしたんです、いったい」

「何をしてた」

「何って……夕飯を作ってたんだけど」

ガス台に置かれた鍋《なべ》からは、湯気がのぼっていた。

「電話になぜ出ない」

「電話？　ああ。お風呂《ふろ》掃除をしてたから、聞こえなかったのかもしれない」

「何度も掛けたんだぞ」

佐和子は、少し困ったような表情を見せ、

「誰からかわからないし、二度ほど出なかったのよ。ごめんなさい。最近、おかしな電話が多くて。今日はいやなこともあったし」

「おかしな電話？」

「無言電話。こっちが、もしもしって言うと、すぐに切れるの」

馬見原はいやな気がした。それはそれとして考える必要があるが、

「おまえ、今日はリハビリの日だろ」

佐和子が、びっくりした顔で、口もとに手をやった。

「うっかりしてた。どうしよう……」

彼女の言葉が真実かどうか、まだ判断がつかない。

「本当に忘れてたのか？」

「すっかり……。いやなことがあったって言ったでしょ。タローが大変だったの」

「タロー？」

「お隣の犬よ。誰かが、カミソリを入れたパンを食べさせたらしいの」

馬見原は眉《まゆ》をひそめた。

「犬はどうした」

「口を切っちゃって……。三好《みよし》さん、もうパニックになられて、近所の方の車で、動物病院まで運んだんだけど、三好さんが離してくれないから、わたしもついてったの。タローは、少し切っただけで、ほかには何も飲み込んでないから、安静にしてたら治るって。いま入院してるの。そんなこんなで、自分の病院のことはすっかり飛んじゃった。明日、電話しておきます」

少し思いあたることもあり、

「犬の件は、警察には連絡したのか」

「さあ……どうされたかしら」

「カミソリは、どうした」

「まだ庭にあると思うけど」

「何か書いた紙は、残っていなかったか。妙な文句を並べた手紙のようなものだ」

「いえ、気がつかなかったけど」

馬見原は、包丁をまな板の上に戻した。

「気をつけて使えよ」

彼女に言って、隣家を訪ねた。三好という名の隣の主婦は、まだ泣いていた。犬の近くに手紙などは残されておらず、警察に届けるのは忘れていたという。

馬見原は管轄《かんかつ》の練馬署に連絡した。近くの交番から制服警官が駆けつけ、事情を聞いたのち、馬見原が押さえておいた証拠品のパンとカミソリを回収していった。その間ほんの三十分ほどだった。自宅に引き上げると、

「仕事をしてるところ、はじめて見た」

佐和子が目を輝かせて言った。少女のように、胸の前で両手を組み、

「てきぱきしてて、すごくかっこいい」

「ふざけんじゃない」

馬見原は、居間に進んで、座卓の前に腰を下ろした。ようやく背広も脱いで、

「薬のほうは、どうなんだ。ちゃんと飲んだのか」

「信用ないのね」

佐和子が、頬をふくらますようにして、小さな引出しから薬袋を出した。仕事にかまけて注意を怠《おこた》っていたため、量が本当に減っているのか、自信がない。

どう、と佐和子が胸をそらせるのに、彼はあいまいにうなずいた。

「今日は、もう出かけなくてもいいの？」

「ああ」

短かく答えて、新聞を探す。佐和子の退院後にまたとりはじめていた。

「じゃあ、腕によりをかけなきゃね。簡単なもので、すまそうなんて考えてたの」

佐和子が、嬉《うれ》しそうに言って、台所へ戻っていった。

馬見原は、新聞の政治面や社会面をざっと眺めたのち、読者欄に目を止めた。冬島綾女が、家族のあいだの心温まる話を、よく切り抜いていたのを思い出す。彼もつい家族の平凡な幸せをつづった話を見つけようとした。この日の読者欄には、適当な話

はなかった。

居間の隅に置かれた電話が鳴った。練馬署からの連絡だろう。受話器を取って、応《こた》える。だが、相手からの声がない。不審に思いつつ、

「もしもし、どちら様」と訊《たず》ねた。

「やあ。どうも、お久しぶりですね」

からみつくような男の声が返ってきた。確かに聞き覚えがあり、

「……油井か」

受話器を握りしめた。

「お元気そうで、なによりですね」

「何をしてる」

「馬見原さんの声を聞きたいと思いまして」

「いまどこだ」

「あなたに教えると、何をされるか怖いからな。わたしを捜されてるようですね」

情報のあった新宿二丁目の店や、彼がホテトル嬢を呼んだというホテルを、時間を見つけて当たってみた。だが、所在を割り出すには到《いた》らなかった。

「長峰から聞いたはずだ。東京を離れろ」

油井の、薄く笑う声が返ってきた。

「しかし、東京には家族がいますから」

「おまえにはもう家族じゃない」

声がつい荒くなったせいだろう、台所から佐和子が顔を見せる。

馬見原は、大丈夫だとうなずき、彼女に戻っているよう目で合図した。

「わたしは、家族を一時的に奪われただけですよ……あなたにね」

油井が怒りにか、くぐもった声で言う。

「おまえは、自分のやったことがわかってないのか。子どもに何をしたと思ってる」

「わたしが刑務所に送られたのは、恐喝と傷害、それもあなたのでっち上げの捜査でだ。家族への暴力なんて、立証されてませんよ」

「戻ってきたら、ただじゃすまさんからな」

「今度ゆっくり話し合いましょう。とりあえず、ご挨拶《あいさつ》をと思っただけですから」

「いや、これから話し合おう。いますぐ行く。どこだ、ホテルか、長峰のところか」

「馬見原さんのところのような、素敵なお宅じゃないことは確かです。隣の犬が少々うるさいですがね。ま、それもしばらく静かになるでしょう」

「……おまえ、まさか」

「じゃあ、さようなら」

「待て。何度もいたずら電話を掛けてきたのも、おまえなのか」

「初めてお電話したんですがね。相変わらず敵が多いようですね」

湿った笑い声を残し、電話は切れた。

馬見原は、受話器を叩《たた》きつけ、すぐに玄関から外へ出た。彼の家を見張れるような場所を、通りを行き来して探した。どこにも人の気配はない。家の周囲に危険物が置かれていないかどうかも確かめた。

家のなかに戻ると、佐和子が不安そうな顔で廊下に立っていた。

おかしな奴が家に訪ねてこなかったかどうか、彼女に訊ねた。

佐和子は、不気味な雰囲気をたたえた長身の男が、家の前に立っていたことを話した。馬見原に心配をかけまいと、黙っていたらしい。油井と、相手は名乗ったという。

「犬にひどいことをしたのは、そいつだ」

馬見原は言った。

「いたずら電話も、その人なんですか?」

「たぶんな」

油井は否定したが、間違いないだろう。

「どうして、そんなことをするんです」

「普通じゃない。だから逮捕した。しかし、二度とさせない。奴の上にいる人間を知ってるからな。大丈夫だ。心配するな」

彼が言うと同時に、また電話が鳴った。受話器を取り、

「馬見原だ」

怒りをふくんだ声を返した。

「お父さん……」

か細い声が聞こえた。

馬見原は耳に受話器を押しつけた。

「お父さんじゃないの?」

胸に刺さったまま忘れようと努めていた小さなトゲに、荒々しくふれられたような痛みを感じた。

「もしもし」

彼はようやく答えた。

「あー、お父さんだ。げんき?」

受話器の向こうの声が明るく弾む。

「……少し待っててくれ」

馬見原は、懸命に自制し、送話口を手でふさいで佐和子に向かい、

「仕事の話だ」と、目でうながした。

佐和子は素直に台所へ戻った。彼女が働きはじめたのを確認して、

「もしもし、元気か」

「うん、げんきだよ」

研司が明るく答える。油井のことがあるだけに心配になり、

「どこから掛けてる。そばに誰かいるのか」

「だれもいない。おうちから」

「どうして、ここの番号がわかった」

「ママの、手ちょう」

「教えてもらったのか」

「手ちょうが、おちてたの。お父さんと、おなじ字があったよ。ウマの字。ノートにかいて、かけてみた。ずっと、かけてたんだよ。いつも女の人が出た」

「そうか……」

「どうしてこないの。おしごと、たいへんなの？」

「ママは、どう言ってた」

「とおくで、おしごとだから、たいへんだって。そこ、とおい？」

「ああ、とても遠い」

実際には直線距離で十キロほどしか離れていない。思わず、

「もう少しすれば……」

と口にしていた。結局は研司を傷つけることになるのだろうに、その場限りでもいい、喜ばせたくて仕方がない。でなければ、彼自身が苦しくて、やりきれない。

「もう少しすれば、行けるよ」と答えた。

「ほんと？　でも……むりしなくていいよ」

楽しい話は、裏切られたときに悲しみが倍になる。だから落胆を恐れて慎重になり、大人にまで気をつかう。研司をそんな哀しい子にしたのは、大人たちだ。それがわかっているのに、

「本当だよ」と言っている。

研司が鼻を鳴らすように笑った。愛らしいその声に、胸が軋《きし》るように痛む。

「いつ、くる？」

すぐだ。答えかけたとき、台所で大きな音がした。佐和子が皿を割ったらしい。床

にしゃがむ彼女の姿が、目の端に入る。

「もう切らなきゃいかん。仕事だ」

「わかった……また、でんわい？」

「ここへはだめだ」

馬見原は携帯電話の番号を教えた。ただし大事な用のときだけだと、念を押す。

「あのねぇ、それでねぇ、あいつがきてたよ……」

研司は油井のことをあいつと呼ぶ。頭部の手術を終えたあと、綾女があいつと呼ぶのにあわせ、パパと呼んでいた油井のことを、研司も言い変えるようになった。代わって馬見原を、お父さんと呼ぶようになった。

「たいくのとき、がっこうにきてた。うんどうじょうのそとで、手をふってた」

「……会ったのか」

「あってない。いなくなった」

「そのことは、ママに話したのか」

「さっき、でんわした。おしごと、できるだけはやくおわって、かえるから、ドアにかぎをかけて、あけないようにって」

「言うとおりにするんだ。いいな」

「わかった。じゃあね。バイバイ」

馬見原は電話を切った。

油井の湿った笑い声がまだ耳に残っている。隣家の犬を傷つけたカミソリの刃が、目の裏でいやな輝きを放つ。いてもたってもいられなくなり、背広を着た。

「ちょっと出てくる。大事な仕事だ」

佐和子の顔を見るのもつらく、まっすぐ玄関に下りてゆき、靴をはく。

「いつ帰ります？　夕飯は？」

佐和子が追ってきた。手に、二つに割れた皿の一片ずつを持っている。

「確認だけして、できるだけ早く帰ってくる。ちゃんと食って、薬を飲め。いいな」

彼女の顔から目をそらしたまま言葉を残し、馬見原は外へ飛び出した。

＊

冬島綾女は、軍手をした手で、発泡スチロール製の大きな板を二十枚抱えた。それを一度に機械に積み込んで、

「ラスト二十、行きまーす」

と、前方に声を送る。

職人から合図が戻ってきたところで、機械のスイッチを入れた。

機械は、発泡スチロールの板を一枚ずつ前に流し、ローラーが板の表面に糊《のり》を塗る。待っていた職人が、その上にアイドル歌手のポスターを、角かどを合わせて、正確に置いてゆく。するとローラーが圧力を加えて接着し、最終的に機械の反対側に、アイドル歌手のパネルが出てくる仕組みだった。

回り込んでいた綾女が、パネルを受け取り、破れや剝《は》がれがないか、点検してから、段ボール箱に詰める。ＣＤショップに宣伝材料として配付したり、額装してアイドルショップなどで売られるものだ。最後の一枚が仕上がれば、箱を梱包《こんぽう》用のテープでとめ、エレベーターで一階まで下ろせばいい。まだ途中だったが、

「冬島さん、もう上がっていいよ」

現場主任の若田部《わかたべ》が声をかけてきた。

綾女は、点検をつづけながら、

「もうちょっとですから」

「研司君から電話があったんでしょ。あとはトムにやらせるから」

若田部が、人のよさそうな顔で言い、

「おーい、トム、こっちを頼むよ」

と、工場の隅をほうきで掃いていた、二十四歳の大柄な青年を呼んだ。はーいと明るい声が返ってきて、青年が駆けてくる。本名は友男《ともお》だが、トムと呼ばれることを彼自身が好んで、周囲にもそれを求めていた。彼は、十八歳からここで働いており、ずっと無遅刻無欠勤をつづけている。

「アヤ姉さん、ぼく、やるから」

トムが、梱包テープを彼女の手から取り上げるようにして、

「ケンちゃんに、これ」

と、ポケットからガムを一枚出し、綾女に渡した。

「あら、ありがとう」

トムが照れて頭をかいた。機械のローラーを拭《ふ》いていた職人が、トムに向かって、

「自分で一度噛《か》んだガムじゃねえのか」とからかった。

トムは、むきになり、「違うよぉ」と、唇をとがらせる。

「タイムレコーダーは、着替えを終えてから押したんでいいですよ」

若田部が言ってくれた。彼の目に、綾女に対する好意がほの見える。若田部は四十四歳で、子どもが二人いるが、五年前に死別して独身だった。半年前、彼女に交際を

申し込んできた。すぐに断るのは申し訳なく、一日置いてから断った。理由を問われ、前夫との問題が完全には片づいていないことと、研司の気持ちを挙げた。馬見原のことは言えるはずもない。

若田部は、待つと答えた。互いに子どももあり、焦《あせ》る年齢でもなく、綾女に仕事を辞められても困るから、これまでどおり友人として、また信頼できる同僚として、気長に自分のことを見てほしいと言った。以後、職場を離れてのつき合いを、彼から求められたことはない。だが、彼女に対して誠実な想《おも》いを抱いてくれているのは、態度や言葉の端々から伝わってくる。

「じゃあ、お先に失礼します」

綾女は、若田部とトム、また職人たちに頭を下げて、工場を出た。隣接している事務所に入り、女子用の更衣室で、作業着から、白のポロシャツと綿パンツに着替える。営業社員と経理の事務員に挨拶をし、工場の一階に回ると、ちょうど六時を一分過ぎていた。

「今日も一日、ありがとうございました」

周りには誰もいないが、感謝の想いを込めてつぶやき、タイムレコーダーを押した。

発泡スチロールやボール紙などにポスターを貼《は》り、広告用のパネルや看板、本やC

Dの化粧箱などを作っている、従業員十三人の零細企業だった。

職人の正確な技術と、零細ゆえに小回りのきくところが信用され、仕事は切れないものの、景気に左右されやすいため、従業員の給料は低く抑えられている。それでも、綾女にはありがたい職場だった。雇った者はクビにしない、個々の事情は互いに協力し、仕事も分け合う……社員は家族も同然だからというのが、社長の方針だった。むろん安い給料を嫌って退職する者もいる。一方で、この職場の雰囲気を好み、長く勤めている者が少なくなかった。障害のある従業員は、トムのほかにもう一人、聾《ろう》唖《あ》の女性が箱作りの専門家として働いている。研司のことで何度も休みや早退をもらっている綾女も、ここでなければ、とっくに解雇されていただろう。

彼女は、経済的な理由で携帯電話を持っておらず、駅へ向かう途中の公衆電話で、自宅に電話した。留守番電話のメッセージが流れるあいだに、研司の名前を繰り返し呼ぶ。待ちわびていたように、すぐに受話器が取られ、彼が出た。

「ケンちゃん、ちゃんと鍵《かぎ》を掛けてる？　誰も来てない？　大丈夫なの？」

研司は、無事だし、誰も来ていないと答えた。そのあとなぜか、楽しそうに笑って、

「でも、もしかしたら、だれか、くるかもしれない」

「何を言ってんの、誰が来たって、絶対にドアを開けちゃだめよ、わかってるの」

「わかってる」

綾女は電話を切り、駅へと急いだ。研司の言葉は変だったが、彼なりに不安を感じて、逆におどけたのかもしれない。ラッシュアワーにぶつかり、電車は満員だった。疲れているときは、ひと電車見送ることもあるが、いまは我慢をして乗った。

あいつが、研司の前に現れた……。

彼女たちの前には現れないよう、馬見原が手を打つとは言ってくれた。だが、いくら警察官でも限界はあるだろうし、あいつが素直に話を聞くとも思えない。

油井善博《よしひろ》とつき合いはじめた当初、彼が暴力団員だとは知らなかった。

綾女は赤坂の高級クラブに勤めていた。北陸の富山から上京したての頃は、臆病《おくびょう》で地味な自分が、そんな華やかな場所で働くようになるとは思ってもみなかった。

父親が三歳のときに亡《な》くなり、母親が再婚した相手は、綾女が中学に入学した頃から、風呂場《ふろば》をのぞいたり、彼女の下着を勝手にさわったりする男だった。

十六歳のとき、酔った義父に人前で抱きつかれ、おれがオンナにしてやると耳もとで言われた。母親は、ただの冗談だからと、義父をかばった。

以来ずっと、彼女は死を頭の隅につねに置いて暮らしつづけてきた。実際の性暴力からは免れたものの、自分自身の〈女〉という性が、母親の〈女〉の部分と重なり、ひどくいやらしいものに感じられた。屈託なく笑う同級生の清潔そうな表情に接するたび、自分は汚れていると思った。

義父への憎しみと、母親に対する怒りや憐《あわ》れみや、幼子《おさなご》のように甘えたいという想いが胸に迫り、感情は複雑にねじれた。将来に対する夢も持てず、十七歳の頃にはすでに生きることに疲れていた。

高校を卒業後、逃げるように家を出て、富山市内のデパートに勤めた。一人暮らしをはじめ、やはり逃避的に、最初に言い寄ってきた男を恋人にした。いま思えば、愛などと呼べるものではなかった。自分を家から遠ざけて、安全な場所にかくまってほしかっただけだ。当然のように、彼女の愛情表現は積極的なものにはならず、下の名前はもう確かには覚えていない相手は、「おまえには愛がない」と彼女を責め、ついには暴力をふるいはじめた。

男と別れ、じきにまた別の男のところへ逃げ込む……そんなことをしばらくのあいだつづけた。富山での最後の恋人は、彼女の冷たい態度をなじり、包丁まで持ち出した。刺されても仕方がないと、そのときは彼女も開き直った。本気で人を愛せない自分に、いや気がさしていた。だが、相手はぎりぎりのところで包丁を捨て、彼女の足にすがった。翌日、一人で東京へ出た。二十六歳になっていた。

これという目的はなかった。何かを変えたい想いはあっても、明確な目標も計画もないまま変えられるものなど、たかが知れている。結局は流されるほかなかった。

手っとり早くアパート代を払うために、居酒屋に勤めた。店主が言い寄ってきたため、店を移り、次の飲み屋では、彼女のことで従業員同士が喧嘩《けんか》をして、いられなくなった。故郷の母親に電話を入れると、義父が病気で倒れ、再婚後に生まれた弟の、高校の授業料も払えないと泣きつかれた。時給のよいスナックに勤め、給料の半分近くを送金した。それでも足りないと母に泣かれ、顔見知りとなった客の紹介で、中野のクラブに移った。店では、無口で表情が乏しく、客あしらいが几帳面《きちょうめん》過ぎて、色気がないと言われた。方言を直し、多少は胸や脚をさわられても心を虚《うつ》ろにして笑い、それ以上の行為に対しては、話術でかわす技をおぼえていった。

実際はほんの少し笑顔の量が増えただけかもしれない。それでも周囲の受け止め方が変わっていった。子どもの頃から感じていた生きることへの虚《むな》しさが、彼女のたたずまいを秘密めいたものに仕立てるらしく、何も考えていないのに、雰囲気がある、色気がある、と言われるようになった。やがて赤坂のクラブにスカウトされた。

その高級クラブを接待に使っていた会社の重役が、油井善博を連れてきた。大切な客だと紹介され、綾女が彼の隣についた。

油井はもの静かで、姿勢もあまり崩さず、たしなむという酒の飲み方をした。単純に水割りなどは飲まず、カクテルの配合をみずから申し出て、店の者を慌《あわ》てさせた。綾女にとって、初めて見る印象の男だった。眼鏡の奥の目は、知的な輝きを帯び、こちらの考えをすべて見透かしているような怖ささえ感じた。一流の大学を出て、人と接することの少ないコンピューター関係の仕事をしているように想像した。油井自身は企業の経理顧問だと話した。のちに知る実際の彼は、確かに国立の一流大学を卒業していたが、ギャンブルで身を持ち崩し、勤めていた銀行から引き抜かれて、暴力団の経営する店や会社の経理を担当するようになっていた。

やがて油井は一人でクラブを訪れるようになり、綾女をつねに指名した。彼女のからだにふれることはなく、性的な会話を楽しむ趣味もなかった。たとえば、バロック音楽と現代絵画との接点について話したかと思うと、政治的な問題を心理学を応用して解き明かしてみたりする。綾女が、ばかばかしいほど単純な質問をしても、決して笑うことはなく、ひとつひとつ丁寧に説明してくれる。彼女がそれを理解すると、素直に喜んでもくれた。

綾女がそれまでずっと逃げ込んできた世界は、もっと卑俗で、ある意味で肉体的なものだった。油井が現れ、自分が本当に望んでいたのは、こうした高潔で、精神的な世界だったと気づかされた。自分には遠い世界だとあきらめてもいたから、いっそう憧《あこが》れが刺激され、冷静さを失い、結果的に相手を見る目を誤った。いや……いまにして思えば、油井に惹《ひ》かれたのは、実は彼の陰の部分を、直観的に感じ取っていたからかもしれない。

結婚後、彼が暴力団に属する人間だと知ったとき、驚きつつも、納得するものがあった。エリートの彼と自分とでは、あまりに不釣合と感じてもいたから、正直ほっとする部分もあった。瞬間は離婚を考えながらも、油井がまったく暴力の気配を感じさせなかったこともあり、わが子が虐待《ぎゃくたい》されるという現実に接するまで、実行に移そうとは思わなかった。

すべては、研司が生まれて一変した。

油井は、子どもの誕生を喜ばず、むしろ疎《うと》ましいもののように見た。早くから断乳して市販のミルクにするようにと主張し、自分が綾女の乳を飲もうとすることさえあった。研司が成長するにつれ、あからさまに嫉妬《しっと》を隠さなくなり、綾女が研司を抱くと怒って、あとで研司を爪《つめ》でつねることもした。綾女が抗議すると、かえって嫉妬をかきたてるのか、研司を叩《たた》くようになった。虐待は次第にエスカレートし、よちよち歩きの子どもを押入れに閉じ込めたり、髪の毛を引き抜いたりした。

綾女は、ついに我慢ならなくなり、離婚を申し出た。油井は土下座をして謝った。だが、すぐにまた虐待が繰り返され、彼女の離婚の申し出は、数度にわたった。そのつど油井は謝り、反省すると言い、二度と研司には手を挙げないと誓った。

「本当は研司を愛してるんだ。愛し方がわからないから苛立《いらだ》って、ついばかな真似《まね》をしてしまうんだ、許してくれ、頼むよ……」

涙を流して、誓約書を書いたことまである。実際、その後しばらくは、油井も研司を可愛《かわい》がる日がつづく。だが、研司のほうがおびえてしまって、なつかず、それがまた彼の苛立ちをかきたてるのだろう、やがては虐待行為が日常化するようになった。

そのあいだ一度、綾女は次の子を妊娠した。だが、油井に言いだせないまま、心労からだろう、早い時期に流産した。

研司が三歳半のとき、綾女は彼を連れて家を出た。だが油井は、暴力団の人間を使って、彼女の居場所を突き止めた。警察は民事不介入だと助けてくれなかった。綾女は家庭裁判所に離婚の調停を申し入れた。油井は、絶対に離婚しない、研司も渡さないと答え、裏では調停委員を脅す真似までした。調停委員の一人が、見かねて、知り合いの警察官を綾女に紹介してくれた。それが馬見原だった。

馬見原は、子どもへの虐待の事実に怒り、熱心に問題に関わってくれた。だが、当時は児童虐待への関心がいまよりずっと薄く表面的で、公判の維持どころか、逮捕状も下りそうにないとのことだった。たとえ逮捕できたとしても、裁判では、綾女も虐待を放置したとして、同罪と見られる危険があるという。

馬見原は、必ず代わりの手を打つと、約束してくれた。暴力団担当の刑事と連携し、別件逮捕の案もあるという。証拠を集めているので、待ってくれと言われた。

その矢先に、研司が玄関のスチールドアと壁とのあいだに頭をはさみ、大怪我《おおけが》を負った。頭蓋骨《ずがいこつ》が折れていた。そばに油井がいた。油井はしかし、あくまで事故だと言い張り、それをくつがえす証拠は出なかった。研司自身は、怪我を負ったときの記憶を失っていた。

綾女は、ほとんどパニック状態になって、後先も考えずに、なんとかしてほしい、研司が殺されてしまう、と馬見原に訴えた。

馬見原は、恐喝と暴行という、虐待とは別の容疑で、油井を逮捕した。さらに彼は、油井の属している暴力団の幹部と話し合いを持ち、くわしくは聞いていないが、何やら取り引きのようなものをしたらしい。油井は結果的に離婚と親権放棄とを認めた。

その後、馬見原は毎日のように研司を見舞ってくれた。いまの職場も紹介してくれて、精神的にも、また暮らしの面でも、綾女はしぜんと彼を頼った。

長くつづかないことは、わかっていた。馬見原が、心を病んだ妻をいたわっていることも、自分の家族に対する罪悪感を抱いて、決して家を捨てないということも、理解していた。なのに、研司に彼を「お父さん」と呼ぶのを許してしまったのは、彼女自身が、安定した父性を求め、それを離したくないという欲求が、心の底にあったからかもしれない。

だが、本物の父性で彼女を包んでくれた馬見原と別れてしまって、これからひとりでどう油井に立ち向かえばいいのか……。自立しなければと思っても、頼れる相手が実際にいると知ってしまったいまは、かえって孤独感にさいなまれる。満員電車のなかにいてさえ、寒けに似たものが背筋のあたりから去ることはない。

電車を乗り継ぎ、いつもの駅で降りる。できればタクシーに乗りたかったが、出払っていた。仕方なくバスに乗り、十五分後に団地前の停留所で下りた。濃い緑色の繁《しげ》みの奥から、甘い芳香が漂ってくる。公営団地の庭の一部に植えられた、クチナシの花が満開だった。

綾女は、どこかに油井が隠れていないか注意して、自分たちが暮らす棟へと走った。敷地内の小さな公園で遊んでいる子どもの影がある。目を凝らし、研司でないのを認めて、また走りはじめた。

「やだ、やだ、やだっ」

甲高い声が、綾女の耳に届いた。

「やだよぉ、やだったら」

声がいっそう高くなる。研司の声に間違いない。動悸《どうき》が激しくなり、足がもつれそうになる。

「やめて」

懸命に叫んだ。息が上がって、大きな声にならない。

クチナシの陰に隠れてよく見えないが、大人の男と、子どもとが、揉《も》み合うような影がわずかにのぞけた。

「研司っ、誰かっ……」

必死に声を上げ、ようやく棟の玄関口を見通せる場所へ出た。男と研司が手を引っ張り合っている。

「ケンちゃんっ」

研司がこちらを見た。

「ママっ」

研司が顔を輝かせる。彼は、相手の手を強く引っ張って、

「お父さんをとめてよ。せっかくきたのに、かえるって」と、泣きそうな声で訴えた。

研司がつなぎとめようとしている相手は、馬見原だった。研司の手から逃れようとする動きも止めた。

目と目が合い、彼が先に顔を伏せた。研司の手から逃れようとする動きも止めた。

研司にもそれが伝わったのだろう、嬉《うれ》しそうに笑って、握りしめている彼の手を左右に大きく振った。

綾女は息を整えながら歩み寄った。

研司が、馬見原に甘えてもたれかかり、背中側から大きな木を抱くように手を回す。

綾女は彼の正面に立った。馬見原は、まだ迷っていたようだが、ようやく心を決めたのか、目を上げて、彼女を見つめた。

からだごとぶつかってゆきたかった。研司の手前、なんとかこらえた。しかし、どうしようもなくからだが揺れて、相手の胸に額を押し当てた。

手を伸ばし、彼の手を取る。無骨な手を、両手で包み、しがみつくように握りしめる。行っちゃいやだ……彼女のなかの子どもが叫んでいた。

【六月二十一日（土）】


椎村英作は、白いボタンダウン・シャツのボタンを一番上まで留め、紺色のスラックスに白靴下、ただしサンダルばきという姿で、路地の出入口に立った。

車の音がするたび、道路に出て、運転席を確かめた。顔見知りの近所の人が何人か通りかかって、「どうしたの、お父さんが退院？」などと訊《たず》ねてくる。

椎村は、そのつど挨拶《あいさつ》を返し、

「家のことで業者さんが来るんです。父の退院はまだですけど、でも大丈夫です」

といったようなことを、相手によって言葉を変えて答えた。

やがて、彼の前にミニバンが止まった。運転席の窓が下り、髪を短く刈った、職人風の男性が顔を出す。

「椎村さん？」

厳しい顔だちと、下顎《したあご》の傷痕《きずあと》に覚えがあり、

「大野さんですね。電話した椎村です。先日はどうも」と、頭を下げた。

以前、上司の馬見原と聞き込みに回ったおりに、椎村は彼のことを知った。思春期問題の電話相談を受けている民家の隣で、建築資材を管理するかたわら、害虫駆除の仕事をしているという話で、椎村はその際に名刺をもらっていた。

「車はどこに置けばいいですか」

大野が訊《き》く。

「裏手なんです。難しいので、ここで待っていたんです」

椎村は、彼に裏道を教えた。自宅の裏手が、近所と共有の駐車場になっている。ミニバンが走りだしたあと、椎村は近道をして先に駐車場に回り、大野を迎えた。相手が車から降りたところで、

「実は、父親が家のことをひどく心配してるんです」

と、事情を打ち明けた。

椎村の父親は、現在病院に長期入院中だった。家のことなど何も構わない人間だったが、健康を崩すと、心も弱くなるのだろう。同室の患者から、家が害虫にやられたという話を聞き、心配になったらしい。その相手の、家のつぶれる前兆が、椎村家にもあてはまっていた。

床の一部がぶよぶよ浮き、廊下が軋《きし》り、羽蟻《はあり》の姿も何度か見かけた、ということ

……。父親は、自分の入院中に、家がどうかなるのではと不安を膨らませ、夜も眠れないと訴えはじめた。

だが近所に害虫駆除の会社はなく、椎村も適切な業者を探す時間のゆとりはなかった。そんなとき、大野と出会った。応対が親切そうに感じられ、ともかく検査だけでもしてもらえればと電話した。

椎村家は、木造二階建てで、庭は狭いが、部屋数の多い家だった。父親が祖父に借金をして、若い頃に注文建築で建てたものだ。そのぶん愛着があるらしい。

椎村は、大野を案内し、求められるままに家の周囲、玄関から居間、台所や風呂場《ふろば》などの水回りを見せた。大野は、床下、流しの下、天井裏などを懐中電灯で照らして確認し、ハンマーでいろいろな場所の柱や壁を叩《たた》いて、反響音を聞いていた。

彼に付き合いながら、あらためて家を見直すに従い、椎村のなかにしぜんと記憶がよみがえり、胸のつまるような懐《なつ》かしさを感じた。

彼が幼稚園の頃、便をもらして帰ったことがある。その頃はまだ生きていた祖母と、いま父に付き添っている母とが、ひと言も怒らずに、風呂場で彼を洗ってくれた。

祖母は、母が当時はパートで働いていたため、幼稚園の遠足にもついてきてくれた。周囲がみんな若い母親なのに、自分だけ髪の白い祖母と手をつないでいるのが恥ずかしくてたまらなかった。大人になったいまは、無理して遠足につき合ってくれた祖母に対して、感謝の念をおぼえるが、その想《おも》いは伝えられないままになった。足がだんだん萎《な》えていた頃だろう、祖母が坂で転び、たんこぶを洗面所で冷やしていた姿が、痛々しく思い出される。

小学二年生の頃、友だちに菓子をおごってやろうと、母の財布から数百円の金を盗んだ。それが見つかり、母と四つ年上の兄に叱《しか》られ、いま椎村が立っている台所で正座をさせられた。夕方過ぎにそっと勝手口から抜け出し、家出をした。近所をうろうろしただけだが、仕事から帰ってきた父が、いつのまにか後ろから見守るようについてきていた。彼は気づいて、泣きながら父に抱きついた。

兄とは、よくプロレスごっこをした。戦いの場所は、最初は居間であり、小学校に上がって以降は、二階の子ども部屋だった。小学四年生のとき、彼は兄に振り飛ばされ、子ども部屋の太い柱に頭をぶつけた。椎村の額には、いまもそのときの傷が残っている。兄は、もしも椎村に後遺症が残ったら、一生面倒を見るつもりだったと、十年前の祖母の葬式のときに語った。兄はいま、千葉の倉庫会社に勤めて、少年野球チームの世話人をしている。

椎村は、二階の子ども部屋の柱にふれながら、窓から狭い庭を見下ろした。やはり小学生の頃だったが、兄と捨て犬を拾って、庭でこっそり育てようとしたことがある。一日目に祖母に見つかり、二日目に母に見つかり、二人は説得できたが、三日目に父に見つかった。父は動物嫌いだった。なのに、飼ってもよいと、初めて許してくれた。だが犬は、近所の家の飼い犬だった。返すとき、あまりに悲しくて、兄弟一緒に声を上げて泣いた。

居間ではこんなことがあった……台所でもこんなことが……トイレでも、押入れでは、階段では、二階の部屋では……家のなかのあちこちに、家族の思い出がしみついている。

彼はいま家を出て、警察の寮で暮らしている。祖母は亡《な》くなり、兄は別の場所で家庭を持ち、父はいま入院して、母が付き添っている。家族がみな、この家から離れる形になっていた。

「ちょっとこちらへお願いします、椎村さん、ちょっとお願いします」

何度も呼ばれているのに気づき、慌《あわ》てて階段を降りていった。大野は庭にいた。

「こちらへどうぞ」

と、彼が手招く。

居間の外に、短い縁側が伸び、庭へ下りられるようになっている。椎村は、外に置きっ放しだった父の下駄《げた》をはいた。

大野が、縁側の前でしゃがみ、

「ここからのぞいてみてください」

と、懐中電灯の光を、縁の下へ向けた。

椎村は、彼の隣にしゃがんで、さらに地面に手をついて身を低くした。

縁の下は、通気性が考えられ、基礎のコンクリートの一部が開けられている。その穴の部分を通して、家を支えている木の柱と、さらに下の土台が、光の輪のなかに浮かんだ。

「柱ののっている、土台の石が見えますね。よく見てください。地面から基礎の石を伝って、柱に向かって伸びている、灰色の筋がわかりますか」

椎村は目を凝らした。言われた線がぼんやりと見えてくる。

「細い泥の線みたいな……あれですか」

「なんだと思われますか」

「さあ、染《し》みかな。地面の泥がはねて、くっついたんでしょうか」

「蟻道《ぎどう》です」

「ギドウ？」

「白蟻《しろあり》が通る、トンネルの道です」

椎村は相手を振り返った。

「白蟻の、トンネル……？」

大野は、ほとんど無表情で、縁の下に視線を向けたまま、

「白蟻は、土や自分たちの排泄物《はいせつぶつ》に、口から吐く分泌物《ぶんぴつぶつ》を混ぜ合わせて、セメントに似た、粘着力のある、いわゆる建築材料を作るんです。それで、ああしたトンネルを作るんですよ。内側は空洞になっていて、地面の下からどんどん通って、上へ上へと、つまり家のなかへのぼってゆけるんです」

「ってことは……もう家のなかに」

「お宅のなかには、たぶん一万匹近くの白蟻が入り込んでると思われます」

椎村は耳を疑った。じっとしていられず、その場で立ち上がった。開け放した窓から、家のなかが見える。

居間には、祖母や、椎村が生まれる前に亡くなった祖父など、先祖をまつった仏壇がある。その奥の部屋は、父が入院するまで寝室に使っていた。仕事から帰ってくると、父はだらしない恰好《かっこう》であぐらをかき、煙草《たばこ》を吸いながら大きいおならをしては、家族の顰蹙《ひんしゅく》を買ったものだ。

「放っておくと、この家は早々に崩れます」

大野の冷静な声が聞こえた。椎村は怖くて彼を振り返れなかった。

「風呂場のある北側の土台部分を先ほどのぞかせていただきました。やはり蟻道が見つかりました。川が、やや近いところにありますね。あと、裏手の駐車場が未舗装で、端々に水たまりが残ってます。日陰はつねに湿っているんじゃないですか。白蟻は、湿気をとても好みます。種類によっては、自分たちで水たまりから水を運んで、家の柱に水滴をつけては、木を腐らせ、柔らかくなったところを食ってゆく奴《やつ》もいます」

椎村は、返事をすることもできず、呆然《ぼうぜん》と家を見渡した。

「崩れるなんて、まさか……だってまだこんなにしっかりしてて……」

「人間が思っている以上に、連中は利口です。集団で行動し、子孫を残すために、自分が犠牲になることもいとわない。黙々と働きつづけ、外から異状がわかったときには、もう内側はすべて食い尽くされているといった状態です」

椎村はようやく相手に顔を戻した。

「嘘《うそ》ですよね。この家が崩れるなんて、そんなの嘘ですよね」

ええ嘘です。そう言ってほしい一方、事実であることも、薄々感じ取っていた。だから、どう答えてほしいのか、彼も本当はわかっていなかった。そのくせ、相手の返答次第では、別の業者を呼ぶことを考えていた。

大野はすぐには答えなかった。彼は、椎村を正面から見つめ、

「家を、本当に守りたいんですね」

「もちろんです」

椎村は答えた。声がふるえた。

「いろいろと、よい思い出のつまったお宅なんでしょうね?」

大野がさらに言う。声が優しかった。

「そうです。ぼくの家です。ぼくが生まれ育った、家族の思い出のいっぱいつまった家なんです」

「……わかりました」

大野は、椎村の心情を理解したというように、深くうなずいた。「手間が少しかかるのは覚悟してください。でも、隅々までしっかりと消毒をし、さらに何度か定期的に消毒を繰り返せば、ぎりぎり間に合うように思います。その後も、油断せずに、定期的な検査をおこたらなければ、元々の造りはしっかりしていますからね、きっと再生は可能でしょう」

「本当ですか……」

椎村はすがるように相手を見た。

大野は、柔和な笑みを浮かべて、椎村の肩に手を置いた。

「ご家族の自覚も必要ですよ、協力してください。一緒に戦いましょう」

胸の奥が熱くなった。一瞬、ここが病院の診察室で、あなたのお父さんは……と、父親の主治医に言われたような錯覚をおぼえた。

あなたのお父さんは、患部を隅々まで取り除き、定期的な検査をおこたらなければ、元々の造りがしっかりなさっているので、ふたたび元気になられるでしょう。ただし、ご家族の自覚も必要です、協力してください。一緒に病気と戦いましょう。

あの日、病院の診察室で、椎村と、彼の母に対し、医師からはそのように言ってほしかった。まったく反対の言葉ではなく……。

「お願いします。この家を守るためなら、なんでもします。ですからお願いします」

手を伸ばし、白衣ではなく、薄茶色の作業着の、袖《そで》のあたりを握りしめた。

「わかりましたから、落ち着いて」

大野が少し笑《え》みを浮かべて言う。彼は、作業着のポケットからティッシュを出し、椎村に差し出した。

椎村は、自分が知らないうちに泣いていたのを知った。

「どうされました。何かあったんですか」

大野のいたわりのこもった声を聞き、こらえきれなくなった。

「父は、父は……だからこの家だけは……」

事情を話しかけ、途中からはもう言葉にならなかった。

この日だけで六軒目の不動産屋だった。

浚介は、先週から土日を使って、部屋を探し歩いていた。

都心から少し離れた場所なら、希望にあう物件もあるだろうと甘く考えていたが、彼の願う条件はかなり難しいらしい。

「隣近所に、中学生や高校生がいないところ？　近所の家族構成までわかりませんよ。第一、過疎《かそ》の村じゃあるまいし、中高校生のいない町なんて、あるわけないでしょ」

ほとんどの不動産屋で言われた。でなければ、ただ無言で断られた。

浚介は、人ごみに恐怖を感じるようになったため、朝夕のラッシュ時には電車に乗りたくなかった。車は、渋滞を考えると使えない。第一いまは中古車でも買う金がなかった。職場の学校まで、できれば自転車かバイクで通える距離をと希望していたが、どうやら無理らしい。いっそのこともっと遠くへ離れ、通勤ラッシュが始まる前に、電車に乗ることを考えるほかなさそうだった。


【六月二十二日（日）】

都内はだめだと観念し、隣の埼玉県で、朝から小さな駅周辺を探した。興味を引く物件には当たらないまま、いつのまにか午後三時を回っていた。駅裏の中華そば屋で遅い昼食をとり、その店で、近所に古くからの不動産屋があると聞いた。

不動産屋の主人は、高齢で、ハンカチに痰《たん》を何度も吐きながら、クリップで留めた物件の書類を繰った。

これまでの経験から、あえて近所に学生がいないという条件は告げず、隣近所から少し離れた、静かな場所をと希望した。

「美術の教師をしてるんですよ。休みの日に家で集中して絵を描きたいものだから」

「……難しいねえ」

老人が痰を吐いてつぶやく。

「なんだったら、幽霊屋敷みたいなところでもいいですよ。人の寄りつかない、廃屋同然のさびれた家とか……」

冗談で言ってみた。

老人は、じろりとこちらを睨《にら》み上げ、

「いわくつきの物件でもいいってことかね」

と、机の引出しから、いかにも古そうな帳面を出してきた。まさかと思い、本当に

あるんですかと訊《き》くと、

「見える人には見えるらしいね」

老人が帳面を繰りながら言う。彼は、浚介に帳面を広げて見せ、ここは夫が女房を絞め殺した部屋、ここは不況で一家心中、ここは強盗が居直って、などと説明する。

「どれか、内見《ないけん》してみるかね？」

「いや、遠慮しときます」

浚介は愛想よく笑って、辞退した。

「ひとり暮らしだった爺《じい》さんが亡《な》くなって、もう三年も空き家ってのもあるね」

「やっぱり、ひどい事件ですか……？」

「脳卒中だよ。奥さんも亡くして、子どもが一人、シンガポールで暮らしてる。場所が売ろうにも不便だし、つぶすのも金がかかる。思い出もあるから、残したい気持ちがなくもないのか、貸すなり何なり自由にしてくれと、管理を任されてるんだ」

「……住《い》めるんですか」

「多少傷《いた》んでるが、元はちゃんとした日本家屋だからね。ただし、周囲は雑木林と、放ったらかしの畑だよ。近所にスーパーもコンビニもない。あるのは墓地だけ。静かなのは受け合うよ。家自体はわりと広いし、絵を描くにはいいかもしれんね。で、あんた、印象派？」

浚介は、ほかに適当な物件もないこともあって、紹介された家を確かめてみることにした。

空席の目立つバスで二十分ほど揺られ、不動産屋で教えられた停留所で一人だけ降りた。なるほど近所に店はなかったが、飲料水の自動販売機が置かれている。

「どんなとこにも、あるもんだ……」

学生時代、東南アジアの山岳地帯を一人で旅したことがある。文明から取り残されたような村に入ったとき、いま目の前にある自動販売機のメーカーと同じ、見慣れたコーラの看板を目にして、驚いた。

自販機で天然水を買い、バスが去った方向へ歩きだす。ほどなく川に架かった橋の上を通った。橋の下五メートルほどを、川が流れている。護岸工事はされておらず、岩と草とが自然のまま水際《みずぎわ》に残されていた。水の量は少なく、あまり澄んでもいない様子だが、流れの音を聞くと、さすがに気持ちがなごんだ。

道なりにまっすぐ進んでゆくと、右手に墓地が見えた。低い塀で囲われ、墓石や、卒塔婆《そとば》の先がのぞいている。不動産屋の話では、第二次大戦中に、空爆を受けて亡くなった民間人を、まとめて埋葬するために作られた墓地だという。

ニューヨークのビルが崩れてゆく姿が、何度もテレビで流された。遺族や地域住民の、悲しみ、怒る姿も、放映された。一方、アフガニスタンに対して、アメリカ合衆国が報復のための攻撃をおこなった際、家々が瓦礫《がれき》と化した光景や、誤爆によって家族を失った人々がカメラの前で嘆き悲しむ姿も見た。

まったく同じではないにしろ、似たようなことが、この国にもかつてあったのだと、塀越しに古い墓石を見て、新たな発見のように思い出す。まだ六十年も経《た》っていない事実であり、空爆によって家や愛する人を失った人々が、いまも自分たちの周りで生活している。それをすごいことと言っていいのか、どうとらえるべきなのか、よくわからない。

当時の日本と、いま現在ニューヨークやアフガニスタンなどで起きた惨状とを、結びつけて考えたことは、彼にはなかった。

時間も場所も離れ、状況も違う。だが、空爆を受けて人が死んだ事実だけで考えてゆけば、ニューヨークもアフガニスタンも、そしてこの国も、またかつての東アジア諸国も、時間を超えて結ばれるように思い……さらにはもっと多くの地域が、多数の人が亡くなったという事実において結ばれる気がする。

しかし、浚介の思索も長くはつづかない。だからと言って何になるのかと、いつもの皮肉っぽくものを見る癖が表にあらわれ、虚《むな》しくなる。

天然水を飲み、足早に墓地の前を通り過ぎた。車がときおり思い出したように走ってゆくほかは、人と出会うことはなかった。遠目に雑木林が見えてくる。かなり広い林が残っていることが不思議だったが、持参した地図で確かめ、納得がいった。林の向こうは自衛隊の駐屯地だった。林も自衛隊が管理している土地なのだろう。

道路の一部が切れ、左に折れる未舗装の道が見つかった。不動産屋で教えられた場所らしい。砂ぼこりのたつ道に入り、三十メートルほど進む。椿《つばき》の木だろうか、野放図に伸びた植木の塀があらわれた。

椿の植え込みに沿って歩いてゆく。塀が切れた奥に、目当ての物件はあった。大正期の庶民住宅を思わせる、木造平屋建ての、廃屋同然の家だった。

玄関の戸は傾き、ガラスが割れ、柱は黒ずみ、壁の漆喰《しっくい》はところどころはげ落ちている。軒《のき》の板も腐って、軒下には蜘蛛《くも》の巣が幾重にも張っていた。

だが、瓦《かわら》の屋根は傾斜が浅く、全体に鷹揚《おうよう》とした雰囲気があった。柱も太いものが使われ、多少の地震にも耐えられそうだ。窓などの開閉部分は大きく取られ、暮らしてみれば、開放的な感じがするだろう。自然との共生感覚を、しっかり意識できていた頃の家のようだ。

太陽の方角からして、南側にあたる庭に出た。ドクダミなど雑草が生え、なかにアザミも混じって、淡い紫の花を咲かせている。

庭の向こうに、放置された畑があった。丈の高い草が生え、どこまでが庭か畑か、よくわからない。その先は雑木林で、カラスと、オナガだろうか、鳥の声が聞こえた。自衛隊の管理地域といっても、当たり前のことだが、砲声がするわけではない。

近所とは確かに離れていた。一番近い隣家まで五十メートルくらい、あとは同じような距離で家が並んでいる。夜など不安も感じるだろう。いまでさえ人の声はほとんど聞こえない。

家のほうに向き直り、雑草を踏みわけ、ふたたび玄関側に回った。

不動産屋から借りた鍵《かぎ》を使い、玄関の戸を開く。上がり框《かまち》の隅に、不動産屋が残していったらしいスリッパがある。目が慣れるのを待ってから、室内に上がった。

まず雨戸を開けた。家のなかに午後の日差しが広がり、光線に照らされたほこりがこまかな雪片のように舞う。畳の上には砂がたまり、ところどころ蟻《あり》やダンゴムシなどの小さな虫が這《は》っていた。

天井は高く、太い梁《はり》がまっすぐ渡されている。梁と柱の組み合わせががっちりとして、安定感をおぼえた。

部屋数は多く、障子を閉じれば、五つの小さな部屋に仕切ることができそうだ。中央の板間は囲炉裏《いろり》を切って、人が集まれるようになっている。

水回りを確認するため、台所へ下りた。土間だった。トイレも同じ土間にある。もともと家の外にあったトイレを、増築してつなげた形に見えた。そのためトイレの内部は広く、水洗式に改装された跡もある。

水道栓は勝手口の外にあった。試しに元栓を開き、流しの水道の蛇口をひねった。茶色く濁った水が出たが、しばらくして澄んだ色に変わった。トイレと風呂場《ふろば》の水も出る。台所と風呂場のガスは、プロパンらしい。

確かに不便な場所ではあるが、買い物は自転車で駅前まで行けばすむ。不潔という点も、清潔な都市空間に慣れ過ぎただけのことだろう。ここには虫がいて、ほこりもたまる。だが、都会には排気ガスや工場の煙、目に見えない化学物質がある。子どもの頃には、蜘蛛もダンゴムシも身近なものだった。

浚介はここで暮らすことに決めた。

ただし、多少の手入れは必要だと感じ、不動産屋に戻って、交渉した。不動産屋の主人は、少々手を入れることは構わないが、費用は出せないと言った。大工仕事は自分でするから、そのぶん家賃を安くしてほしいと頼んだ。相手は承知してくれた。

浚介は、駅へと戻ってゆく途中、気持ちが晴れればれとしているのに気づいた。住む場所が決まったことが影響しているのだろう。多少の難はあっても、今後はすべてがうまくゆきそうな、根拠のない期待感が湧《わ》いてくる。逆に言えば、居場所が見つからないことが、人を不安にさせ、余裕を失わせるのかもしれない。

駅の改札を抜け、ホームに進む。ほどなく電車が到着した。

扉が開いたとたん、彼の前で、わっと笑い声がはじけた。

扉近くの車内に、五、六人の若者がいる。髪を金色に染めた者、キャップをかぶった者、ほとんどがピアスやネックレスをして、扉近くにいた少年の腕には刺青《いれずみ》が彫られていた。ふざけんなよっと誰かが言い、やんのかよっと誰かが言い返す。全員が笑い、パンチやキックを繰り出すふりをする。

浚介は、動悸《どうき》を感じて、乗ることができなかった。発車のベルが鳴っても、扉の前に立ちつくし、若者たちが自分を見ないことを願った。扉が閉まる寸前、若者たちが浚介の挙動に気づいたのか、全員そろって口をつぐみ、不審そうに彼を見た。

逃げたかった。だが足がふるえて、動けない。祈る想《おも》いで、扉が閉まるのを待った。ようやく扉が閉まりはじめた。ほっとした瞬間、腕に刺青をした若者が、扉をつかんで、閉じないように力で押さえた。

「乗らねえの」

彼が浚介に訊いた。

善意なのか、いたずらのつもりか、判断できない。浚介はただ首を横に振った。

駅員が笛を吹いて注意する。扉を押さえないようにと、アナウンスが流れる。駅員がこちらに走ってきた。若者はようやく手を離した。扉が閉まる。それでもなお若者たちは浚介を見ていた。もし扉がもう一度開いたら、彼らに一斉に飛びかかられ、車内に引きずり込まれそうな雰囲気だった。

電車がゆっくり動きだす。浚介は吐息をついた。

そのとき、車内の若者たちが浚介を指さし、笑いだした。あきらかに、ばかにして、笑い合っていた。

電車が去ったあとも、浚介は同じ場所に立っていた。やり場のない怒りを感じ、拳《こぶし》を握りしめ、苦々しさに耐えた。

恥ずかしいことじゃない、恥ずかしいと思う必要はないと、みずからに言い聞かせる。深呼吸をして、気持ちを落ち着かせた。

ようやく足が動き、ホームを移動することができた。次の電車が到着したときには、乗る前に車内を確かめ、若者が多くいる車両は避けるだけの余裕も生まれていた。

電車を乗り継ぎ、ビジネスホテルへ戻る途中、急行電車の時間調整のために、小さな駅でしばらく待つことになった。以前、不登校状態のつづく生徒の家を訪問する清岡美歩に付き添って、彼女と一緒に降りた駅だった。

あの日以来、美歩とは話していない。もちろん職場で顔は見るが、会話どころか、視線が合うこともなかった。あのときの実森勇治という生徒も、まだ登校していない。ほかにも、不登校をつづけている生徒は多く、このままでは退学になる者は、かなりの数にのぼりそうだった。

だが、何をどうできるのか……。自分自身がいましがた経験した二つの出来事が、連想のように頭に浮かぶ。

家に閉じこもっている生徒たちは、自分の居場所が見つからずに、苦しんでいるのかもしれない。どこに身を置けば、自分が安心し、また納得できるのかわからないために、不安に駆られ、精神的な余裕もなく、仕方なく部屋にこもっているのかもしれない。

そして、浚介が不良めいた若者たちが怖くて電車に乗れなかったように、引きこもっている生徒たちも、いじめにあったか、教師の言葉に傷ついたか、将来が見通せないためか、あるいは、きっかけとなった理由さえわからないのか……いずれにしろ、学校や社会や、人間に、また、理不尽なことばかり起きるこの世界で暮らす自分自身の将来に、不安や恐怖をおぼえ、外へ出られないのかもしれない。

もし、そうなら……いくら他人が説得したところで、自分自身が納得できる別の居場所が見つからないかぎり、彼や彼女は、部屋を出られないように思える。

もしくは、別の居場所を、他者が勝手に用意して、強引にでも当人をその場へ連れてゆく、といったことしかできないのではないか。

だが、場所を移動したところで、内面の引きこもりはどうなるのだろう。

家にもどこにも、からだは引きこもってはいないけれど、自分の心が、狭い価値観や自己中心的な考えに引きこもって、他人のことや、ほかの世界のことが見えなくなっている人間の場合は、どこをどう移動すれば解決に導けるのか。

実際のところ、心が内側に引きこもっている人間は、とても多い気がする。浚介もきっとそれに入るだろう。彼の周りにいる人間のほとんどがそうだとも言える。

彼自身、たかだか引っ越し先が見つかった程度で、偉そうなことを言えるはずもない。こうした問題に対する悩みの量も、答えを導くために悩み抜くだけの、いわゆる勇気といったものも足りない。

だから、へらへら笑って、日本の若者が感じている苦しみなど、クルド難民の苦しみに比べれば、贅沢《ぜいたく》なもんだと、他人に向かっては言ってきた。

本当に、安全な住処《すみか》を追われたクルドの人たちの苦しみと、居場所が見つからずに、自分の内面に逃避した若者たちの苦しみとを、結ぶものは皆無なのだろうか……。経済的に裕福な国の若者の苦しみを、贅沢で、不遜《ふそん》な悩みだと切り捨てて、クルド難民の問題を次元が違うと高尚化することに、一体どんな意味があるのだろう。

また逆に、クルド難民の問題は国際問題であって、一般の市民には手が届かないことだからと、あきらめ、無関心にさえなって……不登校や引きこもりの問題を考えるようには、頭を悩まさず、話し合うことすらしない状況にも、浚介なりに、これまでとは別の違和感をおぼえる。

電車が発車する音楽が鳴った。浚介は、思い切っていま、あの実森という生徒を訪ねてみたらどうかと思った。

何ができるかはわからない。だが、引っ越し先が決まった高揚と、若者たちから受けた屈辱が、そのまま車内に残っていることを、落ち着かない気持ちにさせた。

扉が閉まる寸前、彼はホームに降りた。

【七月一日（火）】

ろうそくの光が、椅子《いす》に縛りつけられた男女の姿を、美しい色合いのなかに浮かび上がらせている。

十畳ほどの洋室だった。部屋の中央に丸い大理石のテーブルがあり、その上でろうそくの炎が赤々と燃えている。

ソファなどの家具類は、すべて部屋の隅に片づけられ、男女は、それぞれ部屋の両端に分けられて、声にならない悲鳴を上げていた。二人は裸だった。それぞれ後ろ手にされ、粘着テープで手と、腰と、足とを、マホガニー製のしっかりした造りの椅子に固定されている。

人影が、ゆっくりとテーブルに歩み寄った。その手に真紅のヴェネチアン・グラスを持ち、ろうそくの火にかざす。真紅のグラスが、炎のゆらめきを受けて、明るい色へ変化し、その照り返しが、男女の裸の上を流れてゆく。

「愛とはなんだろう……」

人影がつぶやいた。グラスをそっとテーブルに置く。

テーブルの下に、灯油の一斗缶が置かれている。人影が、缶を持ち上げ、ヴェネチアン・グラスに灯油を注いだ。ろうそくの炎によって、灯油のしずくがこまかな光を放つ。グラスの八分目まで灯油が注がれ、缶は下に戻された。

人影は、すべり止めの付いた手袋をした手で、グラスを持ち上げた。今日が五十歳の誕生日だった男のほうへ歩み寄る。グラスのなかで、透明の液体がゆらゆら揺れる。

男は、口にも粘着テープが巻かれていて、いくら叫んでも声にはならない。逃げようともがいても、椅子にからだがしっかり固定されているため、椅子の脚が床とこすれて、小さく鳴るばかりだった。

人影は、グラスを男のからだの上に差しのべ、おごそかな祈りを捧《ささ》げるように、口のなかで何やら唱えて、グラスを斜めに傾けた。

灯油がグラスの端からこぼれ、男の左腕に垂れる。液体が、金色の糸に変化したかのように、グラスと男とをつなぐ。灯油は男の二の腕を濡《ぬ》らし、椅子に固定されている肘《ひじ》から先へ伝わり、指先まで流れた。

刺激の強い臭気を鼻から吸ったためだろう、男が咳込《せきこ》んだ。粘着テープを巻かれた口のなかには、ハンドタオルが詰められている。男は、椅子の上で苦しげに、そこだけ自由になる首を前後に振った。

「愛とは何か、答えなさい」

先ほどから唱えていた言葉を、人影ははっきり発音した。

「幸せとは何か、答えなさい」

男は、苦しそうにあえぎながらも、なんとか顔を上げて相手を見た。

「いのちを育《はぐく》むために必要なものを、金銭以外に、見せてこられたと思うか」

男は、なぜそんなことを訊《き》かれるのかわからないというように、絶望的な表情で首を横に振った。

「彼は、本当に、家族を愛してきたと言えるだろうか」

人影は、男と向かい合わせの位置にいる女を振り返った。

女の口も粘着テープでふさがれている。彼女は、鼻息を荒くつき、二度つづけてうなずいた。

「愛を確かに伝えてこられたと、胸を張って言えるのか？」

女は、愛していました、愛していましたと訴えるように、深く三度うなずいた。

「愛とは何か、幸せとは何か、答えられないのに、それは嘘《うそ》になってしまうよ」

人影は、空になったヴェネチアン・グラスをテーブルに戻し、床にあった新聞紙と洗濯ばさみを取り上げた。紙面を広げると、かけがえのない命が幾つも奪われたという、悲惨な事件の記事が掲載されていた。

「どうしてこんなことが次々と起こるんだろう?」

人影は、その紙面を、男の前に突き出した。男は、許してほしいというように、しきりに首を横に振った。

「これは本当に一部の犯罪者だけの問題だろうか。誰もが、幸せになりたいと願いながら、意識して、ときには知らないうちに、人を虐《しいた》げたり、命を奪ったりしている。何が足りないんだろう。人は本当は何を求めているのか。そして、それを惜しみなく与えているだろうか……。愛してきた、と言う。けれど、相手に伝わっていないものを、愛と呼べるだろうか」

男は、涙をこぼしながら、懇願するように相手を見た。もう何を言われているのかわからない様子だった。

人影は、新聞紙をたたみ、洗濯ばさみで男の鼻をつまんだ。

男は、痛みよりも窒息の恐怖のためだろう、首を懸命に横に振った。

「いま最も必要なものは、自分以外の人間の苦しみを、わがこととして感じ取る心かもしれない」

人影は、テーブルのところへ戻り、新聞紙をろうそくの炎に近づけた。すぐに火が移った。悲惨な事件の記事が、炎に包まれる。

「愛するということの、真の意味のひとつに、相手の痛みを、自分の痛みとして引き受け、ともに苦しむということがあるんじゃないだろうか」

人影は、燃え上がる新聞紙を、自分の手を焼かぬよう持ち替えながら、男の前に運んだ。

男が、逃げようとしてだろう、首を懸命に伸ばし、からだをそらす。壁に映った男の影が、首のところだけ長くなる。

「痛みをわかち合うことで、互いに幸いへと近づくことはあると思う。いま、それを見せてあげたらどうだろう」

人影は、燃えつきそうだった新聞紙を、男の左腕の上に置いた。

ぼんっと音がして、男の腕に火が移った。一瞬、炎が部屋の天井まで噴き上げる。男は、椅子ごと飛び上がるかと思うほどに暴れた。炎の先が顔をとらえそうになり、彼は懸命に首を左右に振った。

五秒も経《た》ったろうか。人影は、水をたっぷりふくんだ毛布を、男の上に掛けた。毛布の下で、火が一気に消えてゆく音がする。白い煙が立ちのぼり、ぶすぶすと、こもったような音がした。

人影が毛布を取った。火は完全に消えていた。煙と蒸気で、室内はもやがかかったようになり、ろうそくの炎を中心にして、幻想的な二重の光の輪が浮かんだ。

男は気を失っていた。彼の左腕は、ひどい火ぶくれを起こしている。腕を固定していたテープが溶けていたが、彼はからだを動かす気配もない。

人影が、男の鼻から洗濯ばさみを取って、頬を軽く叩《たた》いた。

「しっかりして。苦しいだろうけど、このくらいではまだ愛を証明できたとは言えない」

男が、大きく咳込み、意識を取り戻した。

人影は、テーブルのところへ戻り、ふたたびグラスに灯油を注いだ。

「家族の真の幸せを願って、この痛みに耐えてみせるんだよ」

グラスのなかの灯油が、今度は男の右腕の上に垂らされた。

男はほとんど反応を見せなかった。代わりに、向かい側にいる女が、激しくからだを揺さぶり、粘着テープ越しに、しぼり出すようなうめき声を発した。見開かれた目からは、大粒の涙があふれている。

「素晴らしい。彼の痛みがわかるんだね。そうだよ、与えることばかりが愛じゃない。

喜びはもちろん、苦痛までも、ともに感じること、そして、こらえてみせるのが、愛なんだ」

優しく教えさとすように、人影が言う。男の鼻をまた洗濯ばさみでつまみ、新しい新聞紙を取り上げた。

新聞にはやはり、多くの命が奪われたという事件の記事が掲載されている。

人影は、新聞紙にろうそくの炎を移し、

「命がけで愛していることを、かたちで見せてあげよう」

ためらいも見せずに、男の右腕に置いた。

ふたたび男が真紅の色に呑《の》み込まれた。五秒後、湿った毛布が男の右腕に掛けられた。男の首だけが、ぐらぐらと左右に揺れる。

人影は、男の耳もとに顔を寄せて、ささやいた。

「大丈夫、ちゃんと見ているよ。命がけの愛がいま伝わっている。渇いていた心に、澄んだ水のように染《し》みこんでいるよ」

人影は、テーブルのところへ戻って、ヴェネチアン・グラスに灯油を注いだ。今度は女のほうへ歩み寄る。

「愛を感じさせてあげてほしい」

人影は、女の左膝《ひざ》から足首にかけ、グラスのなかの灯油を流していった。

「崩れてしまった家族でも、最後にはまだ、深い絆《きずな》を得る権利は残されているんだから」

女は、言葉の意味をどこまで理解しているのか、涙を流しながらうなずいた。

人影は、炎と熱気を吸い込まないよう、彼女の鼻を洗濯ばさみでつまんだ。新聞を広げ、痛ましい事件記事のところに、ろうそくの火を移す。

「難破した船に乗り合わせた家族は、不運だろう。けれども、そのとき家族が一緒にいれば、そのときだけでも心が通い合っていれば、沈む寸前、家族で楽しく過ごした日々を、夢見ることはできる」

人影は、燃えている新聞紙を、女の左足にそっと置いた。

五秒後、女の足に湿った毛布が掛けられた。

あなたはいま本物の愛を伝えている、と人影は言った。豊かな心を、初めて家族とわかち合っている……。

次は女の右足だった。炎のはぜる音と、焦《こ》げくさい臭《にお》いが室内に満ち、雨戸を締め切った窓の外まで洩《も》れてゆくかと思われた。

外は激しい雨だった。

この家の郵便受けも雨に強く打たれ、名札の部分にまで水滴がしみ入ったのだろう、薄く残っていた『実森』という名前が、もう読めないほどににじんでしまっていた。

庭に植えられた紫陽花《あじさい》の上にも、雨は容赦なく叩きつけ、すでに枯れかけていた花びらが、力なく地面に散り落ちた。

『遭難者の夢』あとがきにかえて

「救いの地」の名前

馬見原《まみはら》という姓を、ふだん読者が耳にすることはほとんどないと思います。

わたしの母の故郷は、九州の宮崎県です。海沿いではなく、山間部で、阿蘇山《あそさん》からさほど遠くない、神話で有名な高千穂のそばです。最近の観光パンフレットでは、九州のヘソと書かれていましたから、おおむね場所の見当はつくだろうかと思います。

わたし自身の生家は四国にあります。幼い頃、母が実家に戻るとき、一緒についてゆくのですが、当時は船で九州に渡りました。大分の別府港に着き、熊本にある親戚《しんせき》の家に一泊して、翌朝、長距離バスで母の実家へ向かいます。

道路はまだ舗装されていませんでしたから、バスはひどく揺れました。道幅も狭く、対向車があると、端に寄って相手が行き過ぎるのを待たねばなりません。クーラーはなく、夏は窓を開け放します。ときおり牛の放牧地や家畜小屋の前を通ると、肥のにおいがバス内に流れてきました。わたしが育った町は観光地だったため、牛は珍しくて嬉《うれ》しかったのですが、においだけはたまりませんでした。一方、このにおいを嗅《か》ぐと、母の故郷に戻ってきたという懐《なつ》かしさも感じたものです。

この旅では、バス酔いにいつも苦しめられました。酔い止めの薬や飴《あめ》も効果がなく、窓の外や袋の中によく戻していました。つらいこのバスの旅のあいだ、幼いわたしが心の中で呪文《じゆもん》のように繰り返していた言葉が、

「マミハラ、マミハラ」

です。当時両親が口にしていたのを聞いて覚えたのですが、初めは人の名前だと思っていました。実は、熊本市内から乗った長距離バスの終点となっていた土地の名前です。それを知って以来、自分のなかで特別な響きを持つ名となりました。馬見原まで行けば、バス酔いの苦しみから解放される。馬見原まで行けば救われる、と思うようになったのです。

実際には、馬見原から母の生家までもう少し距離があり、迎えに来てくれた親戚の車に乗り換え、十分ほど走ります。けれど精神的な余裕もあり、馬見原以後はずいぶん楽だったと覚えています。ともかく子どもの頃のわたしには、苦しみは「マミハラ

まで」でした。呪文のように繰り返した言葉が、馬の見える原と書くと知るのは、ずいぶん大きくなってからです。記憶にあるのは牛ですが、かつては馬も多くいたのかもしれません。

95年版の『家族狩り』を発表したあと、わたしは久しぶりに母の生家を訪れました。意識してそうしたわけではないのですが、昨秋、この物語のクライマックスを書いていた頃、祖父の法事で、前回以来八年ぶりに帰りました。つまり『家族狩り』のたびに帰っており……やはり馬見原が呼ぶのでしょうか。

東京から空路、熊本空港に到着すると、叔父が車で迎えに来てくれていました。八年前もそうでしたが、子どもの頃のように、バスに乗ることはありません。道路はきれいに舗装され、揺れることはほとんどなく、窓の外に牛のにおいもまったくしませんでした。

「マミハラ、マミハラ」

と唱える必要は、もうなくなったのです。

馬見原の地も、あっさり通り過ぎました。叔父に馬見原のことを聞くと、昔はいわゆる山と里の交易の場所だったらしく、周囲で最も栄えた町だったそうです。叔父が子どもの頃には、サーカスも来たし、芸者さんを呼んで大騒ぎをする宿もあったとのことでした。

わたしが子どもの頃には、もうそうした賑《にぎ》わいはありませんでしたが、バスの発着所に売店があり、周囲に商店もあって、山のなかとはいえ、バスのターミナル地としての格のようなものが感じられました。正確な記憶ではありませんが、わたしが高校生の頃、発着所の売店が閉められ、商店も少しずつ減っていくようでした。この地に暮らしてらっしゃる方も多いので、軽々しいことは言えませんが、子どもの頃に求めた、救いの場所としての輝きは、次第に見いだせなくなりました。

けれども、今回帰ったとき、馬見原に来たというだけで、やはりほっとするものを感じました。ここまで来れば、あとはもう楽なものだという安心感がよみがえるからでしょうか。

叔父が、母の生家へ向かう途中、古い神社に寄ってくれました。縄文杉ほどではないにしろ、歴史を持つ立派な杉を目にすることができたほか、神社へつづく道の上からは、九州山地の山並みが眺め渡せます。おだやかに広がる山々の緑のあいだに、ぽつぽつと紅葉のはじまった場所があり、刈り入れどきを迎えた稲穂は金色に輝いて、田が美しい湖のように広がっていました。

数時間前まで東京の仕事場で、馬見原警部補の都会での行動を追っていたというのに、このギャップが不思議でなりませんでした。

澄んだ空と柔らかな山々を眺めているうち、しぜんとため息が洩《も》れ、馬見原警部補と妻の佐和子を、この地で休ませてあげたいという妙な想《おも》いにかられました。

わたし自身、物語の世界に沈んでゆくような書き方をしながら、なんとか耐えていけるのは、ひとつには、子どもの頃から親しんだ母の生家周辺の風景や記憶が、心の奥深いところに息づいているからではないかと思うことがあります。

『家族狩り』の登場人物の名前を考えたとき、ほとんど直観的に、バス酔いで苦しんでいた頃、救いの呪文となった土地の名が出てきました。理屈があって決めたわけではないのですが……この物語を支えてくれる呪文のような名前になると、わたしのなかの何かが無意識に感じ取ったのかもしれません。

では、また『贈られた手』のおりに。

天童荒太

二〇〇四年一月

この作品は、一九九五年十一月に新潮社から刊行した
『家族狩り』の構想をもとに、書き下ろされた。

天童荒太著　孤独の歌声

日本推理サスペンス大賞優秀作

さぁ、さぁ、よく見て。ぼくは、次に、どこを刺すと思う？　孤独を抱える男と女のせつない愛と暴力が渦巻く戦慄のサイコホラー。

天童荒太著　幻世の祈り

家族狩り　第一部

高校教師・巣藤浚介、馬見原光毅警部補、児童心理に携わる氷崎游子。三つの生が交錯したとき、哀しき惨劇に続く階段が姿を現わす。

江國香織著　神様のボート

消えたパパを待って、あたしとママはずっと旅がらす…。恋愛の静かな狂気に囚われた母と、その傍らで成長していく娘の遥かな物語。

梶尾真治著　黄泉がえり

会いたかったあの人が、再び目の前に――。死者の生き返り現象に喜びながらも戸惑う家族。そして行政。「泣けるホラー」、一大巨編。

梶尾真治著　黄泉びと知らず

もう一度あの子に逢えるなら、どんなことでもする。感動再び。原作でも映画でも描かれなかった、もう一つの「黄泉がえり」の物語。

川上弘美著　おめでとう

忘れないでいよう。今のことを。今までのことを。これからのことを――ぽっかり明るくしんしん切ない、よるべない十二の恋の物語。

重松 清著　ナイフ　坪田譲治文学賞受賞

ある日突然、クラスメイト全員が敵になる。私たちは、そんな世界に生を受けた——。五つの家族は、いじめとのたたかいを開始する。

重松 清著　ビタミンF　直木賞受賞

もう一度、がんばってみるか——。人生の〝中途半端〟な時期に差し掛かった人たちへ贈るエール。心に効くビタミンです。

帚木蓬生著　閉鎖病棟　山本周五郎賞受賞

精神科病棟で発生した殺人事件。隠されたその動機とは。優しさに溢れた感動の結末——。現役精神科医が描く、病院内部の人間模様。

宮部みゆき著　火車　山本周五郎賞受賞

休職中の刑事、本間は遠縁の男性に頼まれ、失踪した婚約者の行方を捜すことに。だが女性の意外な正体が次第に明らかとなり……。

山田太一著　異人たちとの夏　山本周五郎賞受賞

あの夏、たしかに私は出逢ったのだ。懐かしい父母との団欒、心安らぐ愛の暮らしに——。感動と戦慄の都会派ファンタジー長編。

山田詠美著　ぼくは勉強ができない

勉強よりも、もっと素敵で大切なことがあると思うんだ。退屈な大人になんてなりたくない。17歳の秀美くんが元気溌剌な高校生小説。

遭《そう》難《なん》者《しゃ》の夢《ゆめ》

家族狩り 第二部

新潮文庫　て－2－3

平成十六年三月一日発行
平成十六年六月二十日五刷

著者　天《てん》童《どう》荒《あら》太《た》

発行者　佐藤隆信

発行所　株式会社 新潮社

郵便番号　一六二―八七一一
東京都新宿区矢来町七一
電話　編集部(〇三)三二六六―五四四〇
読者係(〇三)三二六六―五一一一
http://www.shinchosha.co.jp

価格はカバーに表示してあります。

印刷・二光印刷株式会社　製本・憲専堂製本株式会社

ISBN4-10-145713-1 C0193